夜を創った男たち

ホスト王

愛田武

倉科遼

愛

女性専用クラブ
愛 本店

歓 愛田観光株式会社社員慰安旅行 迎

夜を創った男たち

ホスト王

愛田武

【目次】

プロローグ……6
第一章 新潟県北蒲原郡中条町
もらいっ子……10
初体験……17
憧れ――駒田文三――……25
憧れ――水商売――……31
養親……36
第二章 東京
会員制クラブ『KELLY』……48
銀座の女……56
女のプライド……64
泥沼……74
里子と光子……82
兄妹……86
サラリーマン……90
浮気……93

トップセールスマン……100
独立…そして……105

第三章 ホストクラブ

ホストの資格……114
洗礼……116
天職……123
暗躍……128
移籍……135
ホストの才能……141
運命の出逢い……146
人妻……151
『ナイト東京』……157

第四章 『クラブ愛』

開店準備……166
ホストクラブ革命……169
意外な協力者……175

二丁目の恩恵……177
トラブル……179
地獄……183
マスコミ……191
地回り……193
転換期……203
集大成……207
成功の光と影……210

最終章

ホスト王

相席……214
挑戦……218
絶体絶命……220
頂点……230
家族……234
ホスト王・愛田武……235

◎装　幀◎　G・HIGH
◎協　力◎　大場敬幸（司プロダクション）
◎カバー・口絵（店内）撮影◎　森下泰樹

プロローグ

真夜中の騎士《ナイト》が女たちに一夜の夢を与える場所——ホストクラブ。

女性の社会進出が当たり前となった現在、そのニーズは拡大の一途をたどり、女たちは今夜もその扉を開く。

その数は首都圏だけで300軒以上といわれ、その半数以上の店が密集し、鎬《しのぎ》を削る歌舞伎町では、2000人以上のホストが毎夜、女性に一夜の夢を与えている。

女《客》はひと時の非現実《夢》を求めて…男《ホスト》は己の雄性《おとこ》を賭すために《ため》、ホストクラブへと訪れる。

ホストを指す時、〝実力の世界〟や〝男芸者〟など、その表現は賛否を含め様々だが、その歴史は決して浅くはない。


ホストクラブは、大正時代以降それまでの上流階級から庶民の間に普及し、1950年代にブームとなった社交ダンスの場——ダンスホールをその起源とする。そしてダンスホールに場代を払い、生徒から講義指名を獲得することで稼ぎを得ていたダンス講師がホストの始まりといわれている。

それが「ダンスを踊る場所」から「話を楽しむ場所」へと変わったのは1965年。

東京駅八重洲口にできた『ナイト東京』が最初のホストクラブといわれている。60年代に入り、下火になっていくダンスブームを背景に、後の『ナイト東京』となるダンスホールは、その広大なフロアを『京の花』というグランドキャバレーへと転身させた。しかし客足は伸びず、試行錯誤の末、大量の男性ダンス講師を雇った女性のためのダンスホールが誕生した。それが『ナイト東京』である。

時代は高度経済成長期。一般家庭の生活にゆとりが生まれ始めた頃、〝三種の神器〟と呼ばれる家電製品――テレビ・冷蔵庫・洗濯機の家庭への浸透も相まって、主婦は暇と金を手にしていた。

「流行のダンスを踊ってみたいけど、主人は仕事で一緒に踊るパートナーもいない」

そんな彼女たちのニーズに、この女性だけで通えるダンスホールはマッチした。ダンスホールには休憩のためにソファの置かれたサロンフロアもあり、客たちは講師にチップを払うことで、ここで一緒に酒を飲むこともできた。こうして、今日のホストクラブの原型は誕生したのだ。

しかし、誕生したてのホストクラブは旧型のシステムに新型の外装が装備された状態だった。創成期のホストクラブは、〝女性客が楽しむための場所〟という客側に向いた面のみを重視し、ホストの収入・待遇システムは講師の時のままだったのだ。時給などの保証された報酬などはなく、すべては指名料・ヘルプからのバック、そしてチップのみ。客からはダンスはもちろん、容姿や会話の面白さなどのタレント性をより求められるようになり、ホストにとっては、これまで以上に指名を受けるための条件《ハードル》は厳しくなった。ホストとして生活できる者は、現在よりも遥かに少なく、ごくごくわずかだった。

そんな創成期のホスト界で、現在スタンダードとなっている革命的なシステムを35年も前に創造し、ホストクラブを真の意味でひとつの「職業」として確立させ、今日の隆盛へと導いたひとりの人物がいる。

35年間という長きに渡りホスト界の頂点に君臨し続けるホストクラブ――『クラブ愛』。そのオーナーであり、〝ホスト王〟と呼ばれる男・愛田武《あいだたけし》…その人だ。

今日でこそ、尊敬と羨望の念を込めて、〝ホスト界の首領《ドン》〟、〝歌舞伎町の顔役〟などといわれているが、その半生は破天荒で波瀾万丈に満ち満ちたものである。

第一章

新潟県北蒲原郡中条町

もらいっ子

愛田武は、1940（昭和15）年7月1日、新潟県北蒲原郡《きたかんばらぐん》中条町《なかじょうまち》（現・胎内市《たいないし》）に産まれた。この日、下越地方は梅雨の季節にあったが、夏を思わせる強い陽射しが青々と茂る水田を輝かせていた。

時代は、前年にドイツ軍によるポーランド侵攻から第2次世界大戦が始まり、翌年からの対米開戦に向け戦争激化の様相を見せ始めていた。

武は榎本家に9人兄弟の6番目として生まれたが、激化する戦争を背景に3歳の時、同じ中条町の名家・田中家に養子として出された。戦時下、弟も産まれ、7人の子供を食べさせるのが困難であったがための処置だった。とはいえ、それは武が物心つく前のことであり、武にとっては養親《ようしん》が実の親以外の何ものでもなかった。

そんな武が自分の出自を知ったのは、戦争も終わり穏やかな毎日を過ごしていた小学校5年生の夏の日だった。

梅雨も明け、ジリジリとした陽射しに重さを感じる季節——夏休みを目前に控えたある日の学校帰り、坊主頭の武は白い布製のバッグを肩から斜めに掛け、田んぼのあぜ道を歩いていると、同じ歳くらいの少年ふたりがその進路をふさいでいた。ふたりは武が近くまで来ると、待ってましたと言わんばかりにニヤケた笑みを浮かべながらバカにした口調で言った。

「武ぃ、オマエもらいっ子なんだってな」

「やーい、やーい、もらいっ子」

ふたりは武と同じ学校の6年生だった。そのうちのひとりは160センチ近い身長にドッシリとした大柄な体格で、ガキ大将として子供たちの間で幅をきかせていた。

「もらいっ子じゃねぇ」

売り言葉に買い言葉――条件反射で強く言い返した。しかし、ムキになって言い返してくる武のその様《さま》に少年たちは余計に面白さを憶え、さらに言葉を投げつけてきた。

「嘘つけ。昨日、ウチの母ちゃんが話してるのを聞いたんだぞ。ホントは榎本んちの子だけど、ジャマだったから外に出されたんだって」

「そうだ、そうだ。ウチでも言ってた」

「――ッ!」

〝カチン…〟武の頭の奥のほうで何かのスイッチが音を鳴らした。もらいっ子云々《うんぬん》といった内容など関係なく、何もしていないのに自分をバカにしてきたふたりに無性に腹が立った…ムカついた。

当時、武は150センチにも満たない小柄な体格でケンカも決して強くはなかったが、負けん気だけは人一倍強かった。怒りにその身を震わせる武を、眼前の少年たちは小バカにした表情でニヤニヤと見下ろし、まだ何か言葉を投げつけていたが、既に武の耳には届いていなかった。

そして、その怒りが頂点に達した時、武はすべての感覚を怒りに支配された。思考は停止し、目の前が真っ白になった。

「ウァァァァァァッ」

怒髪天をつくといった様子で吠えると、ガキ大将に向かって猛然と突進していった。渾身の力を込めて不格好に頭から突っ込んだ。武の捨て身のタックルは少年のボディに突き刺さり、ふたりは揃って地面に転がった。

「ぐっ…」

少年は苦悶の表情を浮かべた。まさに、〝窮鼠《きゅうそ》猫を噛《か》む〟だった。小学生の狭い世界の中で子供たちは皆、この悪童を恐れ、何をされても言われても、決して歯向かうことはなかった。しかし、武にはそんなものは関係なかった。誰であろうと受けた借りはすぐ返す、思ったことはすぐ行動する。そんな性格だった。

「コイツゥ…」

少年は怒気に満ちた目で武を睨んだ…。

その後は散々だった。2対1。明らかな体格差。相手は地元の相撲大会で負けなしの少年横綱。気合いや根性だけでは太刀打ちできなかった。

ボロボロになった武は悔しさを胸の内にしまいながら、再びあぜ道を家に向かって歩いていた。すると今度は自転車に乗った青年に後ろから声を掛けられた。

「ボロボロじゃないか…どうしたんだ？　はは ぁん、さてはケンカに負けたな」

この青年――修一は、武の住む田中家からいくつか田んぼを挟んだ近所に住んでいた。武が養子に出された後、物心ついた時には既に田中の家に遊びに来ており、15歳も年が離れていたが、武にとっては人生最初の友達だった。

「2対1だったから…あれは負けじゃない…」

武は決して負けを認めようとはしなかった。修一は、そんな武に優しい眼差しを送りながらなだめた。

「うん。男なら1対1で正々堂々やらなきゃいかんよな。で、1対1なら勝てたか？」

からかい気味に出された質問に、しばしの沈黙の後、武は答えた。

「…相手は6年生だから、1対1でもまだ正々堂々じゃない」

「ハハハハ」

笑いながら自分の頭をクシャクシャと撫でてくる修一を武は改めて見上げた。武の胸中にはいつの頃からかずっと、修一に対してある確信に近い疑問があった。

修一は武を自分の自転車の荷台にまたがらせるとペダルを漕《こ》ぎ始めた。そして前を見たまま後ろに座る武に言った。

「そうだ。今日、ウチで飯《メシ》食ってけよ。最近、武《たけ》が顔見せないからオフクロも寂しがってんだ」

この頃、武にはふたつ家があった。養親のいる本来の自分の家と、この修一の家だ。物心ついた頃から武は、このふたつの家の間を行ったり来たりしていた。そのため、修一の家族も武を本当の家族のように可愛がってくれていたし、武も本当の家族のように感じていた。そして、このことが大人への階段を上り始めたこの頃の武に、ある疑問を持たせていたのだ。

夕飯を囲む卓袱台《ちゃぶだい》には、修一の両親と祖父母、そして8人の兄妹に武の計13人が座していた。田中の家には、やはり養子でもらわれて来た姉がいたが、それでも6人家族。この13人でワイワイと囲む団らんのひと時が武は好きだった。

「武《たけ》、これも食いな」

修一の母に寄せられた皿に箸《はし》をのばしながら、武は修一の兄妹たちに視線を移した。瓜二つとまでは言わないが、皆、修一と似ていた。やっぱり家族なんだなと思った。そして「自分もこの兄妹に似てるよな」とも。

そして武はガキ大将に〝もらいっ子〟とバカにされたセリフを思い出すと、積年の疑問を口にした。

「ねぇ…。修兄ぃって本当は俺の兄貴なんだろ?」

一瞬…1秒にも満たないかという程のほんの一瞬だけ一同の動きが止まった…ように見えた。しかし、すぐに何事もなかったように修一は答えた。

「うん、そうだよ」

「あっ、やっぱり…」

武のその言葉の陰にショックや恨めしい気持ちはなかった。

「それで、なんで俺は養子に出されたの？」

「お乳が出なかったのよぉ。それで田中さんの家に預かってもらったの。ほら、田中さんち、家も畑も広いし牛もいるでしょ。だからお乳には困らないと思ったのよぉ」

母は一切暗さを含まない明るい口調でそう答えた。それは当時、養子が珍しいものではなく、深刻な雰囲気にならないようにするためという配慮もあったのかもしれないが、それ以上にこの母の性格というのが大半を占めていた。母は細かいことを気にしない大らかな――言い換えると豪快な人だった。そして、その遺伝子は武や兄妹たちにも受け継がれていた。

「ふーん」

武も母のその言葉で納得したようにそれだけ答えると箸をのばし食事を続けた。父や祖父母はもちろん、他の兄妹たちもいつもと変わらぬ様子で食事を続けた。たった数分の会話だけで養子についての話は完了してしまったのだ。

（やっぱりだよなぁ…。こんな近所に似た人たちが多過ぎるんだもん）

この出自の事実をキッカケに武が生家を恨むようになったとか、養親とギクシャクした等の変化は一切ない。それは武が、どちらの家族からも愛情を持って育ててもらっていると強く感じることができたから…そんなふたつの家族に感謝していたからだ。だから、その後も武には養親と実親の両方が本当の親で、ふたつの家がどちらも我が家だった。

唯一――間接的にだが――、変わったことがあるとすれば、ガキ大将にバカにされ、ケンカに負けた悔しさから柔道を習い始めたことだ。

初体験

武の生家は祖母が『いろは屋』という名の遊廓を営んでいた。町には他にも7、8軒の遊廓があり、〝女郎町《じょろうまち》〟とも呼ばれていたが、『いろは屋』はその中でも古くから営まれている老舗の遊廓だった。家族は1階で生活し、遊女たちは2階で客を取っていた。

敗戦後の1946（昭和21）年にGHQにより公娼制度が廃止され、『いろは屋』は公然たる遊廓ではなくなったが、58年の売春防止法の施行まで旅館の看板で、赤線として営まれていた。

武は幼い頃から遊廓の家に出入りしていたため、小学校低学年の頃には男女の営みを理解していたし、好きな遊びと言えば近所の女の子との〝お医者さんゴッコ〟の先生役という早熟な子供だった。

――そんな武が初体験を経験するのは、やはり早熟な13歳の夏だった。

中学1年生となった武は身長150センチとやはり学年でも小さいほうだったが、必死に練習した柔道のおかげで精悍な少年となっていた。小学校最後の相撲大会では300人以上いる6年生の中でベスト3に入った。

その腕っぷしに持ち前の親分肌も相まって、武の周りには常にたくさんの仲間がいた。そして中学校にあがると同時に番長格のひとりとして注目されていた。

勉強はからっきしダメだったが、その仲間を惹き付ける魅力は異性をも惹き付け、この年、人生で最初の恋人ができた。同級生の女の子だ。しかし武が童貞を卒業した相手は、この恋人ではなかった…。

お盆も過ぎ、そよぐ夜風に少しずつ秋の気配が感じられるようになり始めた晩夏の夜、生家で寝ていた武は久しぶりの熱帯夜になかなか寝付けずにいた。

「…風呂、入ろう」

汗でまとわりつく寝間着に不快感を感じ寝床から立つと、蚊の侵入を防ぐため蚊帳《かや》の張られた部屋から出て、手拭い片手に風呂場へと向かった。時計の針は午前0時をまわっていた。

榎本家では、午前0時以降の家族の入浴は禁止されていた。祖母が禁止していたからだ。——なぜか？　遊女たちが使うからだ。

『いろは屋』では、常時、10人近い女性が客をとっていた。その約半数が家の離れを借りて住み込みで働いていた。とはいえ、祖母が目を光らせているため、家族が直接、彼女たちと接することはほとんどなかった。

武には祖母がこの家で最も怖い存在だった。祖母は武以上に小柄だったが、あの叱る時の有無を言わさぬ猛烈な迫力は学校で負けなしとなった今でも恐ろしいものだった。年の功とでもいうのか、肉体的ではない精神的な怖さがあった。それは他の兄妹たちも同じらしく、決して禁を犯す者はいなかった。

風呂場へ向かう武は、時間のことなどすっかり忘れていた。ベタつく汗の不快感と、眠れない苛立ちで頭の中はいっぱいだった。そして、誰も風呂場を使っていなかったことで、そのことは完全に忘却の彼方へと忘れ去られた。

薪《たきぎ》を燃やして湯を沸かした風呂は、家族が最後に入ってから数時間が経っていたため、既にぬるくなっていたが、それがかえって気持ちよかった。すっかりリラックスし、鼻歌のひとつでも歌いたい気持ちになった…が——。

〝ガラッ〟古ぼけた木製の戸が開いた。いや、開けられた。その瞬間、武は時間のことを思い出して凍り付いた。

(やばいっ!)

心臓が、〝キューーッ〟と締め付けられ、全身の筋肉がつりそうなくらい緊張した。そして大きく見開かれた目には…鬼の形相の祖母…ではなく、20代の女性の裸体が映っていた。住み込みで働いている26歳の遊女、タマだ。

「あっ…」ふたり同時につぶやいた。

立っているタマを映している視覚と、祖母が立っていると錯覚している思考が反発し合い、武の頭の中はグルグルと混乱した。しかし、そんな混乱をよそに、そのふたつの眼《まなこ》はタマの胸元を無意識のうちにしっかりと捕らえ、脳を介さず脊髄《せきずい》からダイレクトに伝えられたその刺激に下半身はムクムクと元気になっていた。

「武…くん…だよね？」

少し平静を取り戻すとタマは言った。遊女たちと直接的な接点はなかったが、同じ敷地内に住む者同士、お互いに名前くらいは知っていた。

「！」

タマの声を聞き、武はようやく自分の置かれた状況と下半身の状態に気付いた。

〝ザバッ〟水しぶきを立てながら、慌てて手に持っていた手拭いで下半身を隠した。

「…！」

その動作から武の身に起きている生理現象を理解すると、ひと回り離れたこの年上の女性はクスッと小悪魔的な笑みを浮かべて言った。

「せっかくだから、一緒に入ろっ」

「えっ…!?」

武の返事など待たずに狭い湯船に入って来た。深さはあるが幅のない湯船は、ふたりで入るにはあまりに狭かった。狭いから、タマの体のいろいろな場所が武の肌に密着した。

ひと回り上と言ってもタマは26歳。その肌にはハリとツヤがあり、豊かな乳房《バスト》と肉厚な臀部《ヒップ》は、同級生の女子のソレとは明らかに違う大人の艶《なまめ》かしさがあった。

「ふぅーん…。武くんって見かけによらず筋肉すごいんだね」

そう言いながらタマは武の胸板を指で突っついてきた。

「柔道…やってるから…」

少しだけ状況になれ、さっきまでの混乱から解放された武は冷静を装いながら答えた。しかし、十数センチ先の超至近距離には初めて見る異性の裸体《はだか》。意識しないつもりでも──タマの瞳を見て話しているつもりでも、武の両眼はチラチラとタマの瞳から下へと視線を小刻みに移していた。当然、そんな武の行動にタマも気付いていた。

「ハダカ…珍しい?」

〝ドキィッ…〟タマの口からサラッと出てきた言葉に、武の鼓動は急激に早まった。

それでもできる限り平静を装いながら頷いた。しかし、タマにとっては、その一生懸命に平静ぶっている武の様《さま》が初々しくて可愛かった。だから、もっと困らせたくなった…イジメてみたくなった。

「武くんは、お姉さんがどんなお仕事してるか知ってる？」

その質問にも武は同じように平静ぶりながら頷いたが、予想通りのその反応にタマはさらに愛おしく感じた。

この時、タマの感じた〝愛おしい〟は、〝愛くるしい〟に限りなく近い感情だった。飼っている猫の仕草の可愛さに思わず猫を抱きしめるようなものだった。しかし、タマがひと回り年下の男の子を抱きしめるには、その理由だけで充分だった。

「じゃあ、武くんもしてみたい？　それとも、こんなオバサンじゃ嫌かな？」

脈拍早く巡っていた血液が、100メートルを全力疾走したかのようにさらに加速して流れ、酸欠にでもなったかのように武の頭は真っ白になっていた。

「タマちゃんはオバサンなんかじゃないよ」勝手に口が答えていた。

「ありがとっ」

その言葉が武の耳に届いた時、その言葉を発した唇は既に武の唇と重なっていた。

それが武のファーストキスだった。それはすぐに初めての大人のキスに変わり、そして初体験へと変わった。すべてが一緒に訪れた。

（うわっ…気持ちイイ…。これが女かぁ…）

小学校6年生で憶えた自慰《マスターベーション》とは比べ物にならない程の快感を感じていた。それもそのはずである…タマはそれを生業としているのだ。お金を払って得るだけの価値がある快感を最初から体験してしまった武は骨の髄までその虜《とりこ》となった。

それからというもの、祖母への恐怖などどこ吹く風、武は人目を盗んでタマの部屋へと赴いた。〝猿のマスかき〟状態だった。武はそれまで以上に生家へ泊まりに行き、タマとの逢瀬を重ねた。興味の赴くまま、性技に関する様々なことをタマから教わった。

〝遊女《プロ》から手ほどきを受けた〟ということの経験は、友達よりも早く女性を経験したということと相まって、武の雄性《おとこ》としての自信に繋がった。そして、その自信が、男女問わず惹き付ける、武のさらなる魅力となった。

その後、中学校3年生・15歳の時、武は当時付き合っていた同級生の恋人とも肌を重ねた。初めての恋愛からの体験だった。そこで武は肌を重ねることで心も繋がることを知った。快感だけではないことを知った…その奥深さを知った――。

そして高校生になった武は町でナンパを繰り返す毎日を送った。最初の頃は声を掛けても失敗することのほうが多かったが、試行錯誤でいろいろと試した。言葉巧みに自分のペースに持ち込んでみたり、ムードに任せてみたり、明るく迫ってみたりと、その女性に合わせて試しているうちに、今度は失敗することのほうが少なくなった。面白いように成功した。

この24時間態勢でどうすればモテるのかを考えていた経験が、後にホストとして大成する武の屋台骨を支える大きな肥やしとなるのだが、この頃の武はそんなことなど知る由《よし》もなく、とにかく夢中で女性を追いかけていた――。

憧れ――駒田文三《こまだぶんぞう》――

少年時代、新潟にいる頃の武には憧れているものがふたつあった。そのひとつが、8つ年上の従兄《いとこ》・駒田文三だ。きっかけは中学3年生の夏休み――、夏祭りでのことだった。

武は仲間たち10人と地元の夏祭りに来ていた。この頃、武は中条中学校の番長として名を馳《は》せていた。

祭りには、武たちと同じように他の中学校の番長たちも仲間を引き連れ、訪れていた。毎年、各校の不良たちは自校の威信を賭けて、この夏祭りの場で決闘を繰り広げていた。

それは誰かがルールを作ったわけではなかったが、「夏祭り」「10人」「遭遇した学校同士が戦う」という暗黙のルールが長年のうちにできあがっていたのだ。

「おう、テメェどこ中《ちゆう》学校だ?」

当然、名札などつけているはずもないが、少年たちは不思議と他校の少年を見分けることができた。間違えて高校生や年下の者など関係のない者に声をかけることはなかった。

そしてお互いに名乗り合うと、見回りの教師や警察の目の届かない裏山へ場所を移して10対10の戦いが始まる。一斉に20人が殴り合うのだ。しかし、決して2対1などにはならず、必ず1対1で殴り合った。ひとりが倒れれば、勝利した者は少し離れて他の仲間たちに声を送った。これも暗黙のルールだった。そして番長同士の戦いが最後まで残る。

この時、武のライバルだったのが新発田《しばた》中学校の小野という少年だった。小野も武と同じく地元で有名な存在だった。

この夏祭りでの戦いは、決着がつく前に警察に見つかり結局、決着はつかなかった。その後も、小野とはケンカ相手として高校生になってからも度々殴り合うが、そこに私怨はなく、むしろ殴り合う度に、その絆を深めていった。数年後、上京する武と同じ汽車に乗っているのは、子分でも恋人でもなく、この小野なのだ。

夏祭りの夜はこれで終わらなかった。警察から逃げるためその場で解散し、蜘蛛の子を散らすように仲間たちと分かれた武は、夏祭り会場へと戻る裏山からの暗い通りで、しゃがみ込みたむろする高校生3人と遭遇した。高校生たちは煙草を吸い酒を喰らっていた。すると、近づいてきた武に、突如、因縁を吹っかけてきた。

「おう、ガキィ…。なにガンくれてんだ」

武にそんなつもりはなかった。しかし、相手が高校生だろうと負けん気の強い武には関係なかった。ましてや、今や名の知られた中条中の番長たる自分である。武は売られたケンカを買った。

「うるせぇ、酔っ払い」

「…ンだとぉ」

そう言った高校生たちの眉間《みけん》にはシワがより、酒のせいもあってか目は血走っていた。そして立ち上がると、持っていたビールを地面に強く叩きつけた——。それが合図となり、高校生たちは3人一斉に武に殴りかかってきた。

武は最初に自分の真正面に来た高校生を、得意の一本背負いで投げ飛ばそうとした。しかし、相手の腕を取り、両腕のふさがった武の脇腹に違うひとりが蹴りを入れてきた。

「ぐっ…」

いきなりの一撃に武は投げ飛ばそうとした腕を放した。すると自由になった高校生は、すかさず武の顔面めがけて拳を放った。そして、もうひとりも武を背後から蹴りつけてきた。もはや武は両腕で頭を防ぎながら亀のようにうずくまり耐えるしかなかった。

(くそっ…。1対1だったら、こんな奴ら…)

屈辱と痛みに耐えながら、武は高校生の攻撃が終わるのを待っていたが、酒の入っていた彼らに節度などなかった。

「オウ、どうした？　許してほしけりゃ土下座してワビ入れろや」

ひとりが言ったが、

（土下座？　冗談じゃない…。これ以上、屈辱を受けてたまるか）

その一心から武は何も答えなかった。その態度が、再び彼らの怒りに火をつけた。

「シカトかよ、オイ！」

そして、再び武に殴りかかろうとしたその時――。

「何やってんだ！　オマエら！」

高校生たちは警察かと思い、焦りの表情で声のしたほうを見た。しかし、向こうから走ってきたのは制服を着た警官ではなく、浴衣を来た20代前半の青年の姿だった。

「チッ…驚かせやがって…。オッサン、何か用か？」

しかし青年はその質問に答える様子などなく、そのまま駆けて来ると…〝ズガンッ〟。高校生のひとりの顔面を助走の勢いも借りて激しく殴りつけた。

「オゴッ…」

殴られた高校生はライナーの野球ボールを顔面に受けたようだった。そして鼻から激しく血を噴き出しながら、その場に崩れ落ちた。

「大丈夫か、武《たけ》?」

その言葉に、武は顔を上げて青年の顔を見た。

「文《ぶん》ちゃん……」

――それが駒田文三だった。

その後、文三は仲間をやられて怒り心頭の残りふたりの高校生を圧倒的強さで、あっという間に叩きのめした。ひとりを正拳突きで悶絶させ、もうひとりを上段回し蹴りでなぎ倒した。

「……スゲェ」その圧倒的な強さに武は魅了された。

それもそのはずである。文三は日本大学空手部で主将を務めるほどの手練《てだ》れだった。

それ以降、武は柔道をやめ、文三から直々に空手を教わった。空手を通して文三という男に憧れた武は文三の仕草行動もマネるようになった。その最たるものが、〝ビールのお湯割り〟だ。

それは文三がいつも風呂に入りながらビールを湯船で温め、ぬるくなったビールを飲むのをマネて、武もビールをお湯で割り、ぬるくして飲んでいるのだ。うまい・まずいではなかった。

武はホスト王と呼ばれ、齢《よわい》65を超えた今もなお、ビールを飲む時はお湯割りで飲んでいる。文三がいつも飲んでいたアサヒビールを、かたくなに守って…。

好きなもの、なりたいものに対しては、素直に、そして一途になれる。それも後に武をホスト王へと導く大きな要素だ。

こうして柔道から空手へと転身した武は、文三のようになりたいと必死で鍛錬を積み、高校1年の時、1年前の夏祭りで自分を袋叩きにした3人に見事リベンジを果たした。

憧れ――水商売――

武のもうひとつの憧れが水商売だ。そのきっかけは、修学旅行と地元のバーだった。

文三に憧れた中学校3年生の冬、武は文三と同じ生家側の従兄に地元のバーに連れて行かれた。

当時は10人近い兄弟も当たり前で、親戚間の付き合いも強かった。現在のように少子化から来る過保護など皆無と言ってもいい時代、子供が大人に連れられて盛り場に顔を出す、酒を一緒に飲むなどといったことは——家庭によって違いはあるかもしれないが——珍しいものではなかった。

初めて訪れたバーで武は、同じく初めて見るバーテンダーのシェイカーを振る姿の格好よさに一目惚れした。文三の時と同じだった。

〝カキンッ、カキンッ、カキンッ〟高速に振られるシェイカーの中で氷がテンポ良くシェイカーにぶつかり奏でる音…。背中を張り、芯が通ったように真っ直ぐに立っているバーテンダーの上体と、対照的にシェイカーを中心に踊っているかのように優雅に舞っている腕…。中から氷に冷やされ、霜で白くくすんでいく銀色に輝くシェイカー…。そのすべてが武を魅了した。

——この時、武の脳裏に、春先に行った修学旅行での東京の風景が思い起こされた。

時代は1955（昭和30）年、東京は戦後の焼け野原からの復興を遂げていた。とは言っても、角筈《つのはず》三丁目（現在の西新宿）には現在の副都心の超高層ビル群ではなく淀橋浄水場が広がり、歌舞伎町のシンボル、コマ劇場もオープンをまだ翌年末に控えている頃であった。

しかし、それでも街には中条町では目にすることのない2階建て以上の鉄筋の建物《ビルディング》がそびえ立ち、道路には自動車が当たり前のように走っていた。

「すっげぇ…これが東京かぁ…」

初めて都会をその目と体で体感した武は、ただ…ただ…その大きさに感動していた。とりわけ48年から歌舞伎町と呼ばれるようになった一帯に心惹かれた。短い間隔で配置された街路灯、そこに軒を連ねる店々の看板は蛍光灯で内側から眩しく照らされていた。現在のギラギラと輝くものとは違うが、そのネオンの光が武の目には都会の象徴と映った。

――絶対、いつか東京に出て来て、この歌舞伎町で働こう。

何がしたいということよりも先に歌舞伎町で働きたいという目標が生まれた。武が現在も歌舞伎町にこだわり続ける理由…それは、この少年の日の想いが今もなお、武の中で強く生き続けているからだ。

中条町のバーのカウンター席で、歌舞伎町の風景を思い出した武は思った。

（東京に出てバーテンダーになろう）

その考えにたどりつくと、もう武は止まらなかった。空手と同じく、好きなことには素直に一直線だった。

従兄にあちこちのバーやスナックに連れて行ってもらい、後日、そこへ押しかけ、バイトをさせてもらった。とは言っても学生の身分、まだシェイカーを振ることもできなかったので、お手伝いという感じだったが、水商売のその空間と雰囲気が武にはたまらなく居心地が良く楽しかった。

こうして持った「東京でバーテンダーになる」という夢は、それから数年が経ち、高校卒業という節目を間近に控えても色あせることはなかった。

「なぁ、武…オマエ高校出たら何するつもりだ？」

町を見渡せる丘の上で小野は言った。

「――俺は東京に行ってバーテンダーになりてぇ」

ふたりのいる丘は夏祭りで殴り合ったあの裏山。初めて拳を交えてから数年、拳を通して絆を深めていったふたりは、夢も弱さも語り合える無二の親友となっていた。そしてふたりは互いの学校の中間地点にあるこの丘の上で会うことが多かった。

「東京かぁ…」

「どうやったら向こうでバーテンダーになれるのかは分からねぇけど、とにかく俺は東京に行きてぇんだ。そしていつか、歌舞伎町に自分の店を持ちてぇ！」

「歌舞伎町で店を持つか…格好イイな。よし！　なら俺も東京に行く！　何をしたらいいかなんて分からねぇけど、とにかく東京に行って俺も一旗あげてやる！」

「まぁ、先に成功するのは俺だけどな！」

「いーや…俺だ！」

ふたりは夢見ていた…東京に行けばすべてが開けると。この新潟の田舎町にはない人生が東京には待っていると…。東京が若者たちを呼び寄せている時代だった。

しかし、その夢を実現させるには超えなくてはならない壁があった。それは3歳で養子に出されて以来、武が背負ってきた田中家の跡取り息子という立場だ。武は反対する養親と向かい合わなくてはならなかった。

養親

武の養親は中条町で農業を生業としていた。駅から見渡す限りと言っても過言ではない広大な田畑を持つだけでなく、山をふたつ抱え、牛や豚、鶏等の家畜も飼い、庭には土蔵がふたつもあった。町でも指折りの名家だったが、その家に入った武にとっては農家以外の何者でもなかった。幼い頃からその仕事を手伝わされた。

田中の家が持つその広大な田畑は武にとっては、言い換えれば、やらなくてはならない家の手伝いがたくさんあるということだった。そして、それはまだ今のように機械や農薬等が発達していない頃である。春には手で苗を1本1本地道に植えていったし、夏には発生するイナゴを1匹ずつ捕まえては腰から下げた竹筒にしまった。秋には鎌で丁寧に実った稲を刈った。しかし、武はこの農家の仕事が嫌で嫌でたまらなかった。泥と汗にまみれるのが何よりも嫌だった。

「クソッ…格好悪ぃ。こんな所、女子には見られたくないな…」

幼い頃から女の子を意識していた武である。親の手伝いをしながら、いつもそんなことを思っていた。時には、同じクラスの女子が歩いているのが見えると物陰に隠れてその場をやり過ごすということもしばしばあった。

そして初体験を経験し、異性への意識がさらに強くなった武は家の手伝いをしなくなった。

「武！　アンタ、頼んどいた仕事全然やってないじゃないの！」

母からそんなことを言われるのも日常茶飯事となり、その鬱陶《うっとう》しさから、家にいるよりも仲間たちといる時間が増えていった。いわゆる反抗期だった。家に寄り付かなくなり、仲間とケンカとナンパに明け暮れる毎日を送るようになった武に、親との衝突は避けられなかった。

「ちっとも家の手伝いしないで遊んでばっかりで…。アンタはこの家の跡取りなのよ」

「うるせぇな！」

そんなやりとりも当たり前となった。しかし、どんなに口論になっても怒りに任せて家族を殴ったり、「本当の親じゃないくせに」といった親を悲しませるような言葉だけは絶対に吐かなかった。そこには、愛情を持って育ててもらってきたという親への感謝の気持ちと、それとは裏腹に筋を違えているのは自分だという自覚から来る申し訳なさとがあった。

武は「お父ちゃん」「お母ちゃん」と呼んでいる、この養親が大好きだった。しかし、そんな武が一度だけ父を投げ飛ばしたことがあった。中学校2年生の時だ。

父は酒癖の悪い人だった。酒を飲んでは決まって母に手をあげた。確かに母は幾分、要領の悪い所があったが、それでも大して気になる程でもなかった。それなのに父は手をあげた。特に〝お母さん子〟だった武にはそれが許せなかった。だから——。

「お父ちゃん、いい加減にしろよ」

武は意を決して言った。

「いいのよ、武…。お母ちゃんが悪いんだから」

母はそれをなだめるように言ったが、武は一度、自分の口から出た言葉に背中を押され、もう引き下がることはできなかった。

「いつもいつも酔っ払って母ちゃんを殴って…情けなくないのかよ」

外でケンカするようにはなっても、実の親に言うのは抵抗感があった。

「なんだと…武、親に向かってその口の聞き方はなんだ!」

亭主関白の家庭にとって父は絶対だった。その家庭という世界で武の行為は天に唾《つば》吐く行為だった。武は世界を変える革命の如く、勇気を振り絞り、父と対峙した。

——家の仕事を手伝わないのは、やりたくないとはいえ、確かに俺が悪い。だから説教でも何でも受ける。でも、お母ちゃんを殴るのは絶対にお父ちゃんが悪い。だから絶対に俺のしていることは間違いじゃない！

自分にそう言い聞かせ、もう一度、父に言った。

「何度でも言ってやる。お父ちゃんは情けねぇ！」

すると父は立ち上がり、武目掛けて拳を振りかざしてきた。

「この…親不孝モンがっ！」

しかし父のその拳は武には届かなかった。とっさに武はその腕を取り、そのまま父を投げ飛ばしたのだ。〝ガッシャーン〟茶の間にあったいろいろな物が、叩き付けられた父と代わるように宙に舞った。

「…」

父は悶絶するほど苦しんでいる様子はなかったが大の字に倒れ、無言で天井を見たまま動かなかった。

「はぁ…はぁ…」

武は一瞬のことで、自分が何をしたのか、まだよく理解していなかった。母は顔を両手で覆いうつむいていた。表情は分からなかったが、悲しんでいるのは痛いほど分かった。

武は徐々に息が整い、頭が冷静になってくると、言葉にならない虚無感に襲われた。悲しいような、後悔のような…力の入らないそんな感じだ。そして何故か不意に、過去の光景が脳裏によぎった。

――良く晴れた夏の日の午後、武は自転車の荷台にまたがっている。右手には1メートルくらいの竹に針と糸をつけた簡単な釣り竿が2本。左手は自転車を運転する父の背中にしがみつくために、必死で父の腹部に後ろから腕を伸ばしていた。小学校にあがるかあがらないかといった頃のことだった。

「武、たくさんイワナ釣って、お母ちゃんをビックリさせような!」

「うん!」

武は力いっぱい答えた。父の背中は大きく、その表情を見ることはできなかったが、父も楽しそうだと思った。背中から伝わってくる…そんな感じだった。中条町を流れる胎内川に着くまでの間、武は父の大きな背中ごしに景色を見ていた。

しかし今、武の目の前には、息子に投げ飛ばされ大の字に倒れている父の姿がある。武は何かとてつもなくしてはならないことをしたのだという罪悪感に苛《さいな》まれた。

「…お、お父ちゃん…大丈夫？」

父を起こそうと手を差し出したが、

「ああ…大丈夫だ」父は武の手を取らなかった。

それからしばらくの間、武は父との関係が気まずくて仕方なかった。これで自分は縁を切られるのではないかとも思った。この時ほど、自分が養子だということを意識したことはなかった。しかし、父のほうは何もなかったかのようにこれまでと同じく、時には武を怒鳴りつけ、時には笑い合った。

――ああ…これが家族なんだな。

笑い合う以上に、無遠慮に怒鳴りつけられることに武は父との関係を――家族を感じた。そして父は武の想いを受け入れたのか、それ以来、母に手をあげることはなくなった。そこに父が自分を息子ではなくひとりの男として見てくれたのだと感じ、武は嬉しかった。

高校卒業を目前に控え、武はこの大好きな父と母に上京してバーテンダーになりたいという気持ちを伝えた。

「——東京に行ってみたいという気持ちは分かる。いろいろな世界を見たいという気持ちは悪いことではない。だが、オマエはこの田中の家を継ぎ、ご先祖様から受け継いだ田畑を守っていかなくてはならない。それはどう考えているんだ?」

父は感情的に反対したりせず、武の気持ちをくみ取った上で自分の気持ちを口にした。しかし、武が父のその想いを受け入れるには、まだ若かった。武はストレートに自分の気持ちだけを口にした。

「俺は…農家になるつもりはない。俺は東京で生きたい」

その言葉に父が返した言葉は、18歳の少年には重た過ぎる選択肢だった。

「家を継ぐのが嫌だと言うのなら…どうしても東京に行くと言うなら、この田中の家から出てもらう」

東京で挫折するかもしれない。帰って来て農家を継ぐと言うかもしれない。そんな親心から普通なら猶予期間を与えている所だが、父は「継ぐ」か「出て行く」かの二者択一を武に迫ったのだ。

「えっ…!?」

武は虚をつかれた。これまで、どんなことがあっても養親との親子の縁は未来永劫切れるものではないと思っていた。それは子が親を親と思うことに疑いも遠慮も持たないことと同じで、例え養子でも、その関係は変わらないと思っていた。

しかし、武も自分の想いに素直な性格…。将来のことよりも、今、目の前にある自分の気持ちがすべてだった。

「それでも…俺は東京に行きたい。行かせてください」

そう言うと、武は正座し、畳に額を擦りつけるように深く頭を垂れた。

「そうか…」

父は落胆の色を見せることなくそう言うと、優しい笑顔でひと言だけ言った。

「頑張って来い」

こうして武は19歳となった7月、東京へと向かう汽車に乗った。そのボックス席の向かいには同じく東京への期待に胸ふくらませるケンカ仲間《小野》の姿があった。

「もう後には引き返せないな」

武のことを想ってか、それとも自分自身に対してかは分からないが、流れ行く景色を見ながら小野は言った。

「ああ…」

そう答えた武の目には、16年間、いつも手伝わされてきた見渡す限りの田中家の田畑が映っていた。あれほど嫌った泥だらけの田んぼも、車窓からは緑がまばゆいばかりに綺麗だった。その遥か向こうで稲の緑に囲まれるふたつの小さな人影がポツンと見えた…養親だ。

「——っ」

武は胸にこみ上げる熱いものをこらえた。向かいの席に座っているライバルに恥ずかしい姿を見せたくなかったから…。

この時、武の姓は田中から榎本へと16年ぶりに戻っていた。父は本当に武を田中の家から出したのだ。しかし、武には何となく父の気持ちが分かった。16年間、自分を育ててくれた父の優しさが…。

　武を榎本の家に戻すため、ひとり榎本家を訪れた父は、実親にこう言った。

「武は私の元で過ごす時期を終えました。私は養い親でしたが、変な所だけは私に似てしまい頑固者で困ります。武は今後も農家を継ぐと言い出すことはないでしょう。しかし、田中の子である限り、あの子は家を気にして悩み続けてしまう。武は意志が強く、そして優しい子ですから。私たち家族は武から幸せな日々を、もう充分に頂きました。ですから、武くんをお返しします」

　武は榎本の姓へと戻った後も、中条を訪れた時には田中の家にも足を運んだ。それまでと変わらずに、養親のことを「お父ちゃん」「お母ちゃん」と呼んだ。

　武には60余年の人生で唯一と言ってもよい後悔がひとつだけある。それは父を投げ飛ばしてしまったことだ。武は父を投げ飛ばした後、後ろめたさと照れくささから謝ることができなかった。

　バカなことをした…若かったと、あの時を思い出しては後悔しているが、今となっては謝りたくても、もはやそれはかなわない。それだけが、ホスト王唯一の後悔である。

こうして武は、期待とほんの少しの心の痛みを抱えつつ、『愛田武』が誕生する東京の地へと降り立った――。

第二章

東　京

会員制クラブ『KELLY《ケリー》』

陽も傾きかけた頃、武たちの乗った汽車は東京駅へと到着した。そこで武は新居のある荻窪へと向かう小野と別れた。八百屋の倅《せがれ》だった小野は、修業という名目で港区にあるスーパーマーケットの本部に親の伝手《つて》で勤めることになっていた。

武は手書きの簡単な地図を頼りに八重洲口を出て、数寄屋橋のほうへと歩き始めた。百貨店の立ち並ぶ銀座の街並みに、とうとう東京へ来たんだという感動を覚えた。しかし、その感動もつかの間、手書きの地図では描ききれない道の多さに迷子になったが、視界を遮《さえぎ》る建物の多さと大きさに、

「さすが東京はデッカイよなぁ…。中条だったら、駅までは見渡せるだろうに」などと焦ることもなく感心していた。

武が目的地に着いた時にはすっかり陽は沈み、街路灯が街を照らしていた。歩みを止めた武の前には飲食店の入った雑居ビルが建っている。武はズカズカとそのビルの中へ入ると、手に持ったメモを今一度確認し、階段を降りて地階へと向かった。

――会員制クラブ『KELLY』

そう書かれたプレートが扉に張られていた。一握りのステイタスのある者のみが入ることを許された会員制の場所《高級クラブ》――ここが武の目的地だった。

扉の前に立った武は緊張した様子もなく、我が家の玄関のドアを開けるかのように自然にその扉を開けた。

「こんにち…はぁ…」

まるで「ただいまー」と言わんばかりに遠慮なく店の中へ意気揚々と入っていった武だったが、その言葉が言い終わる前にその声は感嘆へと変わっていた。何の緊張感もなく足を踏み入れたその20坪ほどの店内は武にとって別世界だったのだ。

（うわっ…すげぇ…）

入り口を入って手前左側にはバーカウンターが設けられ、止まり木が6脚用意されている。そしてシャンデリアの吊るされたメインフロアにはワインレッドの絨毯《じゅうたん》が敷かれ、それと同じ深紅のソファーが置かれている。その視界の約半分を占める深い紅色は、天井からキラキラと乱反射する暖色の柔らかな光に照らされ、さり気なく置かれた調度品たちと調和し、言葉では表現し難い高級感を醸《かも》し出していた。武はまさに〝高級〟を〝感じた〟のだ。

その別世界の雰囲気に思わず魅入ってしまった武だったが、店内で準備していた3人の黒服たちにとってこの19歳の少年は、〝不審者〟以外の何者でもなかった。

「何だオマエは？　ここは子供の来る所じゃないぞ」

30歳前後の黒服が怪訝《けげん》そうに言った。その言葉に武は我に返り、すっかり忘れていた言葉を続けた。

「あっ…榎本武と言いますが、オーナーはいらっしゃいますか？」

「アン…オーナーだと？　どんな用だ？」

武を不審に思う黒服の怪訝そうな態度は変わらなかったが、右手にあった事務室の扉が開き30代半ばくらいの男性が出て来ると一転、背筋を伸ばした。

「あっ、オーナー…」

その言葉に反応するように武はオーナーと呼ばれた男性を見た。身長は170センチくらいで中肉中背。スーツをビシッと着こなしているその姿は、あか抜けた雰囲気のせいか若く見えた。実際、武には30代半ばに見えたこの男性の実際の年齢は42歳だった。中年で恰幅《かっぷく》の良い、〝いかにも〟なオーナー像を思い描いていただけに、この出て来た男性がオーナーだと思わなかった。

「なんだ？　ん…その彼は？」

「ええ…。なんかオーナーに用があるみたいなんですが…」

口ごもったように黒服が言った言葉を受けて、武はここぞとばかりに挨拶をした。

「あの、俺…あっ、僕、榎本武と言います。駒田文三の紹介でお伺いしました」

武がこの銀座の高級クラブを訪れた目的…それは、ここで働くためだった。文三は武が田中から榎本に戻った後、東京に出たいという希望はあるものの、具体的な働き口は東京に行ってから探すと言っているのを聞き、友人であるこのオーナーに口を利いてくれたのだ。

「ああ、キミが武くんか！　文ちゃんから話は聞いてるよ。そうか、今日からだったね。ウッカリしてた…すまん、すまん」

武の名を聞くとオーナーは表情を緩めた。そして黒服たちに向かって言った。

「彼は今日からウチでバーテンダー見習いとして働くことになった榎本武くんだ。新潟から出て来て分からないことも多いだろうから、いろいろ力になってやってくれ」

「は…い…」

そのオーナーの言葉に黒服たちは呆気にとられていた。特に〝見習い〟という部分に…。

（やっぱ、文ちゃんはスゲェや…。こんな凄い店のオーナーにも顔が通じてるなんて）

誰も知らない東京の地で文三の名前が万能な免罪符のように感じた。実際、武の感じたように文三の顔は広かった。武は即戦力のバーテンダーとしてシェイカーが振れるわけではなかった。それなのに、この高級クラブのオーナーは自分より年下ながら、「文三の頼みは断れない」と、武を雇ってくれた程なのだ。

「そうしたら…長旅で疲れただろうから仕事は明日からということで、今日はこの店がどんなことをしてるのか見学していなさい」

そう言うと、オーナーは事務室の前の邪魔にならない場所にパイプ椅子《いす》を用意してくれた。武は抱えて来た荷物を脇に置くと、その椅子に座った。

少しすると、事務室の扉が開き、ドレスやスーツに身を包んだ女性たちが出て来た。ホステスの更衣室もこの扉の向こうにあるのだ。

「あら、この子は？」

いつもない場所に置かれた椅子に座るまだ10代の青年は、当然、ホステスたちにとって好奇の的だった。

「明日からウチで働く武だ」

黒服の説明にホステスたちはさらに興味を持ち、質問の雨を降らせた。

「まだ若いよね…いくつ？」

「19です」

「どこから来たの？」

「新潟です」

ホステスたちに囲まれ、質問攻めを受けている間、彼女たちの持つ色香なのか、はたまた香水の香りなのかは分からないが、〝都会の女の匂い〟と感じた魅惑的な香りに武は頭の芯までしびれていた。

（やっぱ、都会の女はイイ女ばっかりだ…）

武がイイ女と感じるのも当たり前であった。武がいるのは女たちがそのプライドを賭けて鎬《しのぎ》を削る場所…。しかも、その最高峰・銀座の高級クラブなのだから。しかし、この時の武には、彼女たちが〝東京の女〟の代名詞となっていた。

嵐のような質問攻めが終わると、その後は平穏無事に閉店までの時間を過ごした。

とはいえ、その胸中は平静ではなかった。

(あっ…あの客、確か歌手の――)

(うわっ…あそこの会計してるテーブル…一体、いくら払ってんだ!?)

それまで武の見て来た新潟の片田舎の水商売と銀座のソレは全く別モノだった。武は改めて自分の飛び込んだ大人の世界に気持ちを引き締めた。

こうして武の上京初日は驚きのうちに幕を閉じた。


翌朝、武が目覚めたのは江戸川区にある一軒家の布団の中だった。

「おう、起きたか。どうだ…良く寝られたか?」

寝ぼけ眼で顔を洗いに行った武に声を掛けたのは、オーナーだった。文三から武を託されたオーナーは、江戸川の自宅に武を住まわせてくれたのだ。

「おはようございます。ハイ、ぐっすりと」

「それは良かった。今日から仕事だな。バーテンダーには一から教えるように言ってあるから」

そう言うと、マスターはジャケットを羽織り、どこかへと出かけて行った。独身であるマスターは昼夜を問わずプライベートの時間の大半は誰かしら女性と過ごしていた。だから、ほとんど家にいることはなかった。このことを後に知った武は、だから自分を家に置いてくれたのかと妙に納得した。

　武のバーテンダーとしての仕事は、最初のうちはカウンターの中に入り、正式なバーテンダーのサポートだった。〝サポート〟と言えば聞こえは良いが、実際は雑用全般――〝使いっ走り《パシリ》〟だった。カウンターの片付け、洗い物は当然のこと、しまいにはバーテンダーの私用での買い出しや雑用までやらされた。

　それでも武は文句ひとつ言わずにこなした。希望や理想はあったが、今の自分の身の丈を理解していたから、「まずはできることをキッチリやってやる」と自分を厳しく律していた。しかし、いつまでも雑用に甘んじるつもりもなかった。

　武は雑用のかたわら、バーテンダーがシェイカーを振る時は他の仕事と平行しつつも注意深く観察した。自分が振る時とどこが違うのか、どこを直したら美しく見えるのかを意識しながら観察した。もちろん、プライベートの時間には買ってきた本で勉強し、カクテルのレパートリーを増やしていった。

　学校の勉強は嫌いな武だったが、好きなことを学ぶ時は別だった。何時間でも努力することができた。空手を始めた時もそうだったが、この好きなことに対して発揮される武の集中力は尋常ならざるものがあった。

それを証明するように、武が味の違いの分かる客を持つ『ＫＥＬＬＹ』の正式なバーテンダーとしてカウンターに立つようになるまでに３ヵ月と時間を必要としなかった。

銀座の女

上京して３ヵ月が過ぎると、仕事にも慣れ、東京での生活にも余裕を感じられるようになってきた。

それまでは店でも自分の仕事に手いっぱいで他の人の動きを見る余裕もなかったが、最近では、カウンターで話している客たちの会話はもちろん、ホールでの客やホステス、黒服たちの動きまで意識して見ることができるようになった。仕事に余裕が出てくるとプライベートにも余裕ができ、先輩バーテンダーや黒服、ホステスたちと飲んだりする機会も増えていった。

そんなある日の閉店後、片付けをしていた武は美咲に誘われ、飲みに行くことになった。美咲は武よりも7つ上の26歳のホステス。童顔なせいで実際の年齢よりも若く見えたが、その目鼻立ちの整った顔は可愛いと言うより綺麗と言ったほうが正しかった。

ふたりは銀座から離れ、美咲の住む大久保近くのバーに入った。武の隣の止まり木に座る美咲は、店で大輪の花を咲かせている女性と同一人物とは思えない程、イライラとした様子だった。

「――それでね、その客ってば水商売《このしごと》を見下したように言うの。もう頭にきちゃって…」

ホステスが店の人間と飲むのは珍しくなかったが、プライベートな酒である。客の愚痴のひとつやふたつは出てくる。万一、それを客に聞かれでもしたら死活問題だ。だからふたりは場所を銀座から離したのだ。

「ああ、その話なら俺もカウンターの中から聞いてたよ。あの電機関係の会社の社長でしょ。自分の会社を立ち上げて一代であそこまで大きくしたのは、確かに大したもんだけど、ちょっと尊大だよね。でも、だから他のお客様からは〝品がない〟って見られてるみたいだよ」

「そうなの…？」

「そうだよ。その社長が帰った後、他のテーブルのお客様が言ってるの聞こえたから。つまり、美咲ちゃんの言い分のほうが正しいんだからさ、いちいち気にしないほうがいいよ！」

武は美咲のストレスを和らげるために、にこやかな笑みを絶やさずに話した。ナンパに明け暮れた日々の賜物か、持って生まれた才能だったのか、武は笑顔こそ相手の心を開かせるための最大の武器だと知っていた。

「うん…。そう…だね…そうだよね。こんなことでイライラしてたら、この仕事なんてできないよね！」

「そうそう！」

「それにしても、武くん、カウンターの中からなのに、よくお客さんたちの会話聞けるね。今の社長だって武くんは直接話したことはないはずよね？　それなのに、一代で会社を築いて大きくしたって知ってるし…」

広くはないとはいえ、狭くもない店内である。そこにある20組弱の客席の会話を武は意識することで断片的にほぼすべて拾っていた。読書でいう斜め読みのようなもので、ある程度の単語を拾っていくことで、その席の会話の内容をおおよそ把握することができた。

　武は中条町でバーに出入りして手伝っていた頃、常連客たちは自分の名前や仕事の内容、趣味や酒の好みをバーテンダーが把握してくれている〝顔馴染み〟という環境に居心地の良さを感じて、いつも来てくれているんだと思った。だから接客の仕事にとって大切なことは客の情報をどれだけ把握でき、それを必要なタイミングに引き出しから出すことができるかだと考え、そうできるように努めていた。

　しかし、武はそのことを絶対にひけらかしたりしなかった。常に謙虚だった。

「ほら、俺、田舎育ちだから顔は悪いけど耳がいいんだ！」

「アハハ…もう、武くんってば！」

「そうそう、美咲ちゃんは笑ったほうがいいって。さぁ飲も、飲も！」

　茶目っ気たっぷりにおどけて見せる武に、美咲はすっかり笑顔になっていた。元々、番長として仲間たちから慕われた社交性のある武である。人の表情や素振り、口ぶりから相手の気持ちをくみ取るのにはある種、天性の素質があったのだろう。そして、必要に応じて道化になれるだけの器用さもあった。何よりも、それらを意図的にではなく、自然に振る舞うことができた。

来店から3時間、美咲はこの年下のはずの青年が年上に感じる程、すっかり頼もしく感じていた。

「ねぇ、武くん…なんで私の愚痴を嫌な顔ひとつしないで聞いてくれるの？　ずっと楽しそうにニコニコしてるの？」

酔いも回り、少し目が重そうになった美咲は、「納得できない」と少し絡むように言った。武も酔っていたが、相変わらずニコニコしながら今の気持ちをストレートに言った。

「楽しいからに決まってるじゃん！」

「楽しい？　私の愚痴に付き合ってもらってるのに？」

「俺は愚痴だと思ってないよ。それに、それ以前に美咲ちゃんとこうやって飲めるだけで楽しいもの」

笑顔で言われたこの素直な気持ちは、美咲の胸を〝キューッ〟と締め付けた。そして、美咲の心のうちにしまってあった弱さの扉を開いた。

次の瞬間…、〝ガタッ〟美咲は止まり木を反転させて武の体を抱きしめていた。

「み、美咲ちゃん…？」

「ありがとう…」

――その晩、武は美咲の部屋で肌を重ね、一夜を過ごした。


美咲と肌を重ねて以来、武は遊女・タマの時と同じく、人目をしのんでは美咲の部屋を訪ねるようになった。もちろん店内恋愛は御法度だったが、都合良くオーナーもほとんど家にいないので武はこれ幸いと家を抜け出した。武自身もそうだったが、美咲も武の虜《とりこ》になっていた。

しかし、元はお互いに一度限りの都合の良い相手として関係を持ったはずだった。美咲にとっては寂しさを紛らわすための後腐れのない相手であり、武もそのことは理解していた。ところが武は美咲が思う以上に優しかった。

肌を重ねることで武は美咲の寂しさの一端を垣間《かいま》見た気がした。本音《グチ》を吐き出したい時もあれば、誰かに甘えたい時もある。人肌が恋しくもなる。それは何も特別なことではない。それでも美咲はそれを自分のうちに呑み込んで耐えている。

客に愚痴を吐くわけにはいかない——自分も外では言われてるんじゃないかと懐疑心を客に与えてしまうから。

客とはパトロンでない限り肌を重ねることはない。仕事では一夜を共にすることも武器と理解している。だからこそ、それを自分の寂しさから安売りするわけにはいかない。

肌を重ね合わせた美咲のすべてから、そんな彼女の寂しさが流れ込んで来るような感覚だった。そして思った——年上だろうが、銀座の第一線で戦うホステスだろうが、〝女の子〟であることには変わりないのだと。

だから武は、それ以来、店での美咲の様子に気を配った。そして微妙な様子の違いを感じると優しい声をかけた。

美咲にはそれがたまらなく心地よかった。「私を見ていてくれる人がいる。心配してくれる人がいる」。そう思えるだけで美咲は、この仕事を始めてから初めてと思える安心感を武からもらうことができた。美咲はすっかり武にのめり込み、武も初めて経験する東京の女の魅力に虜になってしまっていた。

それから程なくして武は美咲の家に転がり込んだ。マスターには一緒に上京した小野と住むということで怪しまれずに住まいを変えることができた。早くも恋人ができ、仕事も順調…順風満帆だった。

しかし、女性への強い好奇心を持った武の性格は、この安息な生活には満足してくれはしなかった。


カウンターというメインフロアとは一線を画した場所でシェイカーを振る武には、店内のホステスたちの様子をよく見ることができた。イキイキとしている者もいれば、どこか沈んだ様子の者もいる。もちろんホステスもプロである。マイナスの感情は表には出さないように隠していたので、客や黒服たちには気付かれていなかった。

しかし、美咲の一件で銀座の女の寂しさの一端に気付いた武は、その些細な表情や仕草の違いに気付いてしまった。気付いてしまうと見て見ぬフリのできない性格なのが武である――声を掛け、飲みに行き、励ました。そして、美咲の時と同様に一夜を共にした。

軟派と映るかもしれないが、武にとってはいたって真面目だった。真剣に悩みを聞き、真面目に考え、励ました。その下心云々《うんぬん》ではない、心配している真っ直ぐな気持ちが彼女たちの心と体を開いたのだ。肌を重ねるという行為は、その延長線上に生まれた産物に過ぎなかった。

こうして武は美咲の他にも理恵と純子というふたりのホステスとも関係を持った。しかも武には齢《よわい》13にして遊女から学んだ性技があった。彼女たちは心も体も武に引き込まれた。

そして武も銀座の女を3人も口説けてしまった自分自身にすっかり自信を持っていた。

しかし、この時、武は気付いていなかった——快楽の裏にはリスクという落とし穴が待ち構えているということを…。

女のプライド

——それは何の前触れもなく訪れた。

上京から半年が経ったある日の晩、武はふたり目に関係を持ったホステス・理恵と一緒にいた。店の仕事を終え、ふたりにとっては行きつけとなったバーで待ち合わせた。いつもこのバーで軽く飲み、そして理恵の部屋へと流れた。この2ヵ月間、繰り返されていることだった。そしてこの行為に武は何の疑いも危機感もなかった。

相変わらず美咲とは同棲していたが、武に盲目となっていた美咲は武が他の女の所に通っているとは思いもせず、元々、受け身なその性格もあって、その行動を詮索しようとはしなかった。他のふたりの女性に関しても、武はオーナーの家に住んでいると思い込んでいたので、まさか女の間を渡り歩いているとは想像だにしていなかった。

もちろん、その根底には彼女たちに不安や不信感を抱かせる余地もない武の見せる優しさがあった。都合が良いかもしれないが、実際、武にとってはすべてが真剣だった。その場、その時は目の前にいる女性だけを愛していた。その間、他の女性のことは一切、脳裏によぎることはなかった。だから彼女たちに疑う余地を与えなかったのだ。

――しかし彼女たちの疑う余地のない愛情は、自慢したいという気持ちに変わっていた。

バーの止まり木にふたり並んで座った。これもいつものことだった。武はマティーニを、理恵はマンハッタンを頼んだ。これもいつものこと。いつもと違ったのは、理恵がこのカクテルの女王を口に含んだ後だった。

「武ちゃん…最近、あんまり会ってくれないけど、そんなに忙しいの？」

「うん。お客様との付き合いとか、店の人たちとの付き合いがあるから」

　嘘ではなかった。この頃の武は仕事後に常連客の酒の相手をすることもあった。黒服たちと飲んだりすることもあった。美咲や純子を店の人たちという括《くく》りに入れてしまえば嘘ではなかった…もちろん、本当でもないが。

「だったら私と一緒に住もうよ。もっと一緒にいたいの」

「おいおい、店内恋愛は御法度だろ」

「…じゃあ、武ちゃん、私のこと、ホントに好き？」

　今日の理恵は妙に絡むなと思った。仕事をしている時に思い当たる様子はなかったけど、何か仕事で嫌なことがあって不安定気味になってるのかなと思いを巡らした。

「どうしたの？　そんなこと聞いて来るなんて理恵さんらしくない。何か仕事で嫌なことでもあったの？」

「ううん。そういう訳じゃないけど、武ちゃんが私のこと、どう思ってるのか確かめたくなって…」

あれ…何かあったわけじゃなかったんだ。そんな肩透かしを喰らった気分だったが、何もないならそれに越したことはないと思いつつ、愛の言葉を返した。

「もちろん好きだよ」

しかし、この言葉に理恵が返してきた言葉を武は理解できなかった。

「じゃあ、美咲と住んでるっていうのは嘘だよね？」

〝ドクンッ…〟一瞬、心臓がその活動を停止したかのようだった。顔から血の気が引いて行くのを感じた。カクテルを飲んでいるはずなのに口の中がカラカラに乾いている感じだった。

「も…もちろん。何でそんなことを…」

舌が乾燥してよく動かず、あまり呂律《ろれつ》のまわらない言葉だった。

「美咲が言ってたの。彼氏の自慢はよくするくせに、相手を秘密にするもんだから、問いつめたら武ちゃんだって…」

武は知らなかったのだ…美咲と理恵が『KELLY』に入る以前からの友人だったということを。同じ店に働く者同士にとっては秘密のことも、親友というそれ以上の結び付きの前では何の効力も持たなかった。

「…」

武は沈黙してしまった。まさか、ここで美咲本人の名前が出て来るとは…。脳がフル回転で動いているのに何も考えられていない…そんな感じだった。

「ねぇ…美咲の話が嘘なら、明日、お店で美咲の前でハッキリ言えるよね」

理恵が欲しているものは、美咲の言葉の真偽などではなかった。「武が選んだのは美咲ではなく自分」という〝事実〟だった。そして、その証明の方法は美咲の前でそれを提示すること…。そこには親友という結び付きよりも強い〝女のプライド〟があった。

「あ、ああ…」

このひと言で武は明日までの猶予を手に入れた。とにかく今は少しでも時間が欲しかった…彼女たち全員を傷つけずに済む方法を考える時間が…。

理恵の家に泊まる気にもなれず、美咲の家にも戻りたくなかった武は、荻窪にある小野の部屋に泊まらせてもらった。

「――自ら蒔《ま》いた種だな」親友は冷たく言い放った。

「ああ…」

分かっている…。分かっているだけに、何も言い返せなかった。

「でもよ、全員を傷つけない方法なんてないんじゃねぇか…。オマエの気持ち云々《うんぬん》は別として、彼女たちにとってみれば傷つくことをしたんだしさ…武は」

その通りなのかもしれない…彼女たちを傷つけたくないという言葉で自分を逃がそうとしているのかもしれない…親友の言葉にそう痛感した。そんな言葉なく沈んだ様子の武に、小野はひと息吐くと明るく言った。

「まっ、東京砂漠でひとり寂しい俺にしてみたら羨ましい悩みだけどな。ひとり、俺に紹介してくれよ！」

「小野…」

武は小野を見た。小野はニッと笑って見せた。

「いや…小野じゃムリだな。俺みたいに男としての魅力がないと」

「なんだと！」

その親友の心遣いに少しだけ、武は気持ちが和らいだ。

「小野…ありがとな！」

そして武は翌日を迎えた。店の前まで着くと武は大きく息を吐いた。自分の腹は決まっていても、いざその前に立ってみると心に重いものが伸し掛かってきた。

(因果応報なんだ…なるようにしかならないさ)

開き直った。すると不思議なことに、さっきまでの憂鬱さが嘘のように軽く感じた。

(…腹づもりひとつで随分と変わるもんだな)

自分の心境に驚いた。もしかしたら、このまま上手く事が運ぶんじゃないか…そんなイメージさえ浮かんできた。心が少し軽くなった。そして、その心持ちに背中を押されて武は店の扉を開けた。

そこで武を待ち受けていたものは…何もなかった。仁王立ちで待つ理恵や美咲の姿もなく、そこにはいつもと変わらない開店前の静かな『ＫＥＬＬＹ』の風景があった。

(あっ…)

そのいつもと変わらない日常の風景が今日はひどくありがたいものに感じた。数秒後、狂気にも似た怒号が聞こえてくるまでは…。

「嘘ばっか言ってんじゃないよ！」

——美咲の声だった。

嫌な予感がした。その声に導かれるようにロッカー室へと向かった。開かれたままの扉の向こうは既に女のプライドがぶつかり合う修羅場と化していた。

ふたりはドレスに着替える前に相対したらしく私服だったが、どちらの上着も襟回りや袖が伸びたり破れたりしている。美咲の顔には右こめかみから頬にかけて引っ掻き傷の線が2本、不揃いに平行して走り、うっすらと血がにじんでいた。

「ふたりとも、落ち着けって…」

黒服たちが美咲と理恵をそれぞれ後ろから羽交い締めにする格好で引き離していたが、それでも手足の変わりに言葉をぶつけ合っていた。

「嘘なんか言っちゃいないよ。武ちゃんは私のことを好きだって言ったんだよ。それなのにアンタ、自分が好かれてると思っているなんて勘違いもいいとこだよ。恥ずかしい女だね」

「そんなことあるわけない。理恵…アンタ、人の男にちょっかい出すなんて、どういうつもりよ」

武を待たずして、理恵は昨日の話を美咲にしていたのだ。「一緒に住んでいない」と言ったことを武器にし、「好き」という言葉を勝ち誇ったようにして…。当然、美咲がそれを受け入れるはずもなく、ふたりは感情のままにぶつかり合っていた。

「…」

　そのふたりのぶつかり合う勢いに武は思わず立ち尽くした。更衣室にいた黒服やホステスたちは衝突するふたりに手いっぱいで武の存在に気付いていなかったが、ホステスのひとりが武に気付いた。

「榎本くん…」

　つぶやいただけの小さな声だったが、不思議と更衣室にいるすべての者の耳に届いた。もちろん、美咲と理恵の耳にも…。

「武くん」

「武ちゃん」

　ふたりは同時に武の名を呼んだ。そして事の顚末を懇切丁寧に説明する余裕などもなく、ふたりは武に詰め寄ると、それぞれ一方的に言った。

「武くん、理恵《この女》の言ってることなんて嘘だよね!?　武くんが付き合ってるのは、私だよね?」

「ねぇ、武ちゃん。早く昨日言ったことを美咲に言ってあげてよ」

「…」

ふたりに言うべきことは昨日、小野のおかげで自分なりに見えていたはずだった。しかし、いざふたりを前にすると、その言葉を言うことができなかった。そして、その答えを出さない武の姿にふたりはさらに詰め寄った。

「武くん！　何か言ってよ！」

「武ちゃん！　早く、コイツに言ってやってよ！」

黒服たちもホステスたちも武が答えを出して、とりあえずこの場を収拾してくれるのを待つしかなかった。

しかし、この場を収拾させたのは武ではなかった。

「いい加減にしろっ！」

低く張りのある、良く通る声が場を一喝した――オーナーだ。

「オマエたち、ここがどこだか分かってるのか？　お客様をもてなすための場所だぞ。そこに私情を持ち込み、あまつさえ、他の者にまで迷惑をかけるなど話にもならない……言語道断だ」

オーナーは武のすぐ後に店に入り怒号響き渡る店内の異変に気付くと、人が入って来ないように出入り口の鍵を閉め、そのままその場で事の次第を聞いていたのだ。その表情には明らかな怒りがにじみ出ていた。

「オマエたちの言い訳など聞くつもりはない。聞きたくもない。今すぐこの店から出て行け！」

有無を言わせぬ迫力だった。底の見えない恐ろしさがあった。その迫力に圧倒され、武、美咲、理恵の3人はその場を後にした。

——しかし、これで終わりではなかった。武のはまったこの沼は女のプライドが絡み合う泥沼の様相を見せ、容易には抜け出すことはできなかった。

泥沼

『KELLY』を追い出され、3人はどこへ行くともなく無言で歩いていた。

（これから…どうしよう…）

美咲と理恵の問題が解決する前に、突如として訪れた仕事をなくすというこの状況に武は頭を抱えた…。

店を後にしてから数分が経ち、日比谷公園に差し掛かると理恵が口を開いた。

「——それで、武ちゃんはどうするの？」

「えっ…⁉」

唐突に投げかけられた質問に、武は意味が分からず聞き返した。

「オーナーのおかげで話の腰が折られちゃったけど、結局、武ちゃんは私と美咲のどっちをとるの？」

店を追い出された後も、理恵の頭の中では武がどちらを選ぶのか…そのことだけしか浮かんでいなかった。店を追い出されたことなど、その前では大した問題ではないかのように…。

「そんなこと、言ってる場合じゃないだろ…」

今は彼女たちとのことを話す状況ではないと思い、そう言った。しかし——。

「〝そんなこと〟じゃないわよ！　もう私には仕事も何もないの。もう武ちゃんしか残ってないのよ！」

その訴えかけるような言葉に、それまで黙っていた美咲も息を吹き返したように叫んだ。

「自分ばっかり悲劇のヒロインみたいなこと言わないで！　私だって、もう武くんしかいないんだから！」

ここに来て、どちらが武を〝手に入れるか〟ではなく、どちらが〝仕事と男《すべて》〟を失うかという女のプライドの最後の一線を賭けたせめぎ合いが始まってしまった。

夜の日比谷公園に再び女たちの叫び声が響いたが、その感情のぶつかり合う光景を見る武の頭の中は不思議と冷静だった。

（クソッ…。何をやってるんだ…俺は…）

またしても言うべき時に言うべきことを言えなかった自分に自己嫌悪した。そして、意を決すると、腹に決めていた言葉を言った。

「俺は…どっちとも一緒にはならないよ」

互いに言葉の刃《やいば》で切りつけ合うふたりの間に、武は最も重たい言葉を投下した。ふたりの動きが止まった。そして、今度はふたりがその言葉の意味を理解できないといった表情で武を見た。

「俺には、誰かひとりを取るなんてことはできない…そういう付き合いをしてきたつもりじゃないから。だから、どっちかと一緒になるというのはできない」

冷酷な言葉だったが、その声は落ち着き、どこか温かみのある柔らかなものだった。

しかし、ふたりの耳には心臓をえぐり出す凍てついた言葉として届いていた。

「ちょっ…どういうことよ。ふざけないでよ…」

理恵が絞り出すように言った。美咲は、まだ放心した表情のまま武を呆然と見ていた。

「私たちをこれだけ振り回しておいて、どちらも選びませんて…一体、どういうつもりよ？」

「正しくは3人だ…。理恵ちゃんと美咲ちゃん、それとあとひとり…お店の子と——純ちゃんと俺は付き合ってた」

「えっ…」

理恵と美咲の驚嘆の声が重なった。

「確かに俺は最低だと思う。でも、俺にとってはひとりと付き合うのも3人と付き合うのも想いの大きさは同じなんだ。その時、その場所では目の前にいる女性がすべてなんだ」

武は自分の本心を包み隠さずに話した。しかし、それで彼女たちが納得するはずもなかった。

〝バシッ…〟　乾いた衝撃音が響いた。理恵の右手が武の頬を激しく打った。

「バッ…バカにしないでよ！　私は私ひとりを見ててほしいの！　そんなんで満足する女だと思ってたの⁉」

武は避けるとも防ぐともせず、理恵の掌からあふれる怒りを甘んじてその身に受けた。左の頬には痛みではなく衝撃が走り痺《しび》れた。〝キーン〟と鳴る耳鳴りが、その衝撃の大きさ——理恵の怒りを表していた。遠慮のない真っ直ぐな怒りだった。これが理恵の感じている痛みの一端…自分が与えてしまった痛みのわずかな欠片《かけら》なのだと噛み締めた。それでも、武は言わなければならなかった。

「俺はこういう奴なんだ。理恵ちゃんが、美咲ちゃんが選んだのは、こういう男なんだ。良い所も悪い所も含めて全部が俺なんだ」

彼女たちには彼女たちの考え方があるように、武には武の考えがあった。少なくとも武は彼女たちと一緒にいる時、すべては言っていなかったが嘘も言っていなかった。そこに彼女たちが自分の理想の恋愛を重ねていたのも事実だ。もちろん、それで武のしたことが正当化されるわけではないが…。

しかし、そんな中で武は一度だけ嘘をついたことがある。美咲と同棲しているのかと理恵に聞かれた時だ。あそこで都合良く「全員を傷つけない方法」という大義名分を己の心に振りかざしたあげく、目先の時間を稼ぐために嘘をついた結果が、今、目の前にある状況だった。

武はもしあの時、理恵の問いかけに本当のことを答えていれば、こんなことには絶対にならなかったと後悔した…彼女たちがこんな傷つけ合う結果にはならなかったはずだと。それは今日、『ＫＥＬＬＹ』で問いかけられた時も、この公園で問いかけられた時も同じだ。その場で答えなかったから…後に引き延ばしてしまったから、余計に彼女たちを傷つけてしまった。

だから、遅いかもしれないが、取り繕ったりせずありのまますべてを話すことで、武はせめてもの誠意を尽くそうとした。すべてを正直に話す…それが、昨日、武が腹に決めたことだった。

「…」

美咲はその言葉に、武に対して自分の想いだけを一方的に重ねていたと省《かえり》みた。しかし、理恵の心には真っ直ぐには届かなかった。

「――なによ…なによそれ…。こんな屈辱は初めてだよ…」

「自分は遊ばれていた」という解釈だけが理恵の心に届いてしまった。

「どうしても私と一緒にならないと言うなら、出る人に出てもらうよ」

「！」

「私だって銀座の女だ。頼んだら動いてくれる人間のひとりやふたりくらいはいるさ」

武は銀座で働いているとはいえ、まだ半年。暗に出されたヤクザという存在にまだ免疫などなかった。その響きだけが先行して武に恐怖を与えた。

「ちょっと、理恵…いくらなんでもそんな…。私たちにだって落ち度はあったんだし…」

「美咲は黙ってて！　どうするの？　私と一緒になる？」

もはや愛情ではなく執念と化していた。脅迫といったほうが正しい理恵の問い掛けに武は、やはり偽らざる気持ちで返した。

「ゴメン、それでも一緒にはなれないよ…」

ヤクザは怖かった。でも逃げるわけにはいかなかった。もし、ここでその場をやり過ごすための言葉を言ってしまったら、きっとまた同じことの繰り返しになると思ったから。

「許さない…私はアンタを許さない」

恨めしそうな目でそう言うと理恵は去って行った。

「…」

その後ろ姿を悲しそうな目で見送ると、武は深々と頭を下げた。

(傷つけてしまってごめんなさい…。でも、理恵ちゃんと一緒にいる時の気持ちは偽らざるものだった。楽しい時間だった…ありがとう)

心の中で届かない感謝の言葉を告げた。

「じゃあ、私も行くね…」それから少しして美咲が言った。

「うん…本当にごめん。でも、ありがとう…」

「ううん…私のほうこそ…ごめんね。なんかこんなんなっちゃって…。理恵は私のほうで何とかするから安心して…」

「美咲ちゃん…」

「理恵、昔からヒステリーな所あるから…。少し時間が経てば、またいつも通りになるはずだから大丈夫だよ」

「うん…お願いします」

その後、この街から離れようと決心した武は浦和へと移った。『KELLY』で先輩だったバーテンダーが浦和のバーテンダーの仕事を紹介してくれたからだ。

――こうして武は銀座の地を後にした。19歳、新年を迎えた冬の出来事だった。

里子と光子

浦和のスナック『ボン』で働き始めた武は、店の2階に住み込みとして働かせてもらうことができた。『ボン』は2階建て長屋の1階に店を構え、2階は倉庫代わりの場所だったので空いているスペースを武がひとりで使うことができた。公私の垣根はなかったが、その代わり家賃も免除してくれた。

バーテンダーとしては銀座育ちの武は、その腕だけでなく持ち前の人当たりの良さも相まって、入店早々、客からの評判を得た。

その武の働きぶりはママ・里子の信頼を得た。そしてその信頼は、わずか1ヵ月足らずの間に愛情へと変わっていった…。

この武より10歳上のママが持った愛情は、「愛おしい」ではなく「可愛らしい」「手元においておきたい」というタマの時と似た形をしていた。そして武も来る者を拒むことはなかった。ただ、銀座での経験から、何があっても嘘だけはつくまいと己の心にルールを敷いた。こうして武は里子と付き合い始め、住まいを店の2階から里子の住むアパートへと移した。

最初、里子は「可愛がってあげている」という余裕の下で武と接していた。しかし、時間の経過と共にその余裕は加速度的になくなっていき、里子は武にのめり込んでいった…。

この里子に限らず、武には女性を夢中にさせる何かがあった。それは武から与えられる安心感の時もあれば、充足感の時もある…快楽の時もある。相手によって異なる隙間を埋められるだけの様々なピースを武は持っていた。正確には、誰しもが持っているそれらのピースを、武は19歳にして柔軟にはめることができたのだ。

武の虜《とりこ》となった里子は、武の夢である〝バーテンダー〟として自分の店を持たせ、ひとり立ちさせるためにキャバレーで働き始めた。

里子は『ボン』のママではあったが、それは自分の店ではなく雇われの身だった。

小さなスナックの雇われママの稼ぎでは愛する男に店を持たせることなど到底できない。そう考え、里子はキャバレーで働き始めたのだ。しかし浦和界隈では自分を知っている人間が多過ぎる…そこで電車で30分以上離れた鶯谷の店へと通った。

武がそれを頼むわけもなかったが、自らそうするほど、里子は武に夢中だった。

銀座の一件で修羅場を経験した武だったが、持って生まれた性格は変えられなかった。里子が鶯谷のキャバレーで働き始めた頃、武は常連客に紹介された女性と恋に落ちていた。名は光子と言い、武の人生で初めてとなる年下の女性だった。光子は武より3つ下の16歳でバスガイドとして働いていた。仕事柄、いろいろな人を目にする光子だったが、そんな光子の目にも武の存在は規格外に映った。

光子が武を連想する時、面白い、優しい、二枚目、三枚目等々…いろいろな言葉が思い浮かんだが、どれと断定することができなかった。それだけ多面的な魅力を武から感じていた。

そして、光子は武のその不思議な魅力に惹かれ、それはすぐに恋へと変わった。

銀座での経験も冷めやらぬうちに、武は再びふたつの家を渡り歩いた。しかし、その性格こそが武なのである。里子がキャバレーに行っている夜は光子の部屋へ。逆に光子がバスガイドの仕事をしている昼間は里子の部屋へ…。『ボン』での仕事をその境界線とした。

銀座の経験で学んだのか、今回はそれぞれの女性が家にいない時間帯を利用して、もうひとりと会っていたので、双方から疑われることもなく、怪しまれる要素もなかった。しかし順調と思われたその二重同棲生活も、意外な形でその終わりが訪れた…。

――武が光子だけに、その愛情を注いだのだ。

元々、親分肌の武の性格上、大人の女として自立できている里子より、まだ幼く自立しきれていない光子を守りたいと思うようになるのは至極当然のことだった。

そこで武は浦和から立川へと移りアパートを借りると、光子とふたりで暮らし始めた。立川へ移ったのは、里子がすんなりと事情を受け入れるはずもなく、その情念の矛先が光子へと向くのを恐れたためと、里子の視界の範囲から自分が消えることで、彼女の心に作ってしまった傷が早く治ることを願ってのことだった。

もちろん、里子への後ろめたさも少なからずあったが、武は逃げずに事情を説明し、彼女の怒りと悲しみをその身に受けることで筋はきちんと通していた。自分を逃がすために嘘をつくことだけはしなかった。己に誓ったルールだけは守ったのだ。

こうして冬に浦和の地を訪れた武だったが、春を前にその地を後にした。

兄妹

立川で光子と同棲を始めた武は、この地でもバーテンダーとして働き始め、光子は変わらずバスガイドとして働いた。10代のふたりの稼ぎでは暮らしていくのがやっとで、それ以上のお金もなく、住まいも3畳一間、風呂なし、トイレ共同という部屋だったが、ふたりには何の苦にもならなかった。ひとつ同じ屋根の下、隣には光子がいる…武はそれだけで幸せだった。

そんなある日、突然の来訪者が武の元へ訪れた。武より5歳くらい上のその男性は、180センチ近い長身の強面《こわもて》だった。

「光子はここにいんだよな?」

戸口に出た武は、この目の前の強面を光子の前の男か何かと思った。武は興味を持とうが何をしようが過去は変わらないし、その過去があって今の大好きな光子がいるという考えだったので、光子に前の恋人について聞いたことはなかったのだ。

(光子を連れてくつもりか？　そうはさせるか。事と次第によっては闘《や》ってやろうじゃねぇか)

武は腹を括り身構えた。しかし、武の背後…部屋にいる光子の口から出た言葉は武の予想とは違うものだった。

「お、お兄ちゃん…！」

その強面は光子の7つ年の離れた兄・勝規《かつのり》だった。

「お兄ちゃん!?」

兄がいることをすっかり忘れていた武は驚いたが、それ以上に、この可憐な少女とは似ても似つかないその風貌に驚いた。

しかし勝規は、その風貌に似合わず妹想いだった。母から妹が男と同棲を始めたということを聞くと、たぶらかされているのではないかと心配し、こうして浦和から訪ねてきたのだ…つまり武を品定めに来たのだ。

「仕事は何をしてるんだ？」

部屋にあがった勝規は開口一番、武に質問した。明らかに好意的ではない、その物言いに武は少しだけ釈然としないものを感じたが気にせずに答えた。

「バーテンダーです」

「！」

武の言葉に勝規のその強面の表情は、さらに険しいものとなった。

「オマエ、水商売なんかしてるのか！」

そう言うや否や光子のほうを向き強い口調で言った。

「光子、俺はこんな男は認めねぇ。すぐ家に戻って来い！」

「なっ…⁉」

武はいきなりの言われようにに戸惑ったが、そんな兄の性格を熟知している光子は戸惑いもせず、兄に言葉を返した。

「何でお兄ちゃんにそんなこと決めつけられなくちゃいけないの？　私は武さんと一緒にいるの！」

「俺は水商売の人間は信用できねぇんだ！」

「お兄ちゃんには関係ないでしょ…。私と武さんの問題《こと》なんだから」

「ガキが生意気言うな！」

突如、兄弟喧嘩が始まってしまった。勝規には随分な言われようだったが、榎本の家に同じく妹を持つ武としては勝規の気持ちが分からないでもなかった。だからといって当然、光子を連れて行かせるわけにもいかない。武はあるひとつの決断をした。

「俺、バーテンダー辞めて昼間の仕事につきます。そうすれば、お兄さんも俺と光子が付き合うのを賛成してくれますよね？」

「えっ…⁉」

兄妹の声がひとつとなった。特に武の夢を知っている光子は驚くだけで済むはずはなかった。

「バーテンダー辞めるって…。武さん、バーテンダーになりたくて東京に出てきたんでしょ⁉　それなのに…そんな…」

しかし、この時、光子と一緒になりたい…結婚したいとすら思っていた武は、光子に温かな笑みすら浮かべて言葉を返した。

「いいんだ。俺には光子がすべてだから。俺のせいで光子とお兄さんをギクシャクさせるわけにもいかない…。だから、俺、バーテンダーは辞める！」

そして勝規のほうに向き直ると、真摯な目で勝規の目を見据えて武は言った。

「これで、いいですよね？　認めてくれますよね？」

「…」

その目に勝規は武の覚悟の程を理解した。

「いいだろう。ただし、妹を悲しませるようなマネだけは絶対に許さん…いいな？」

そこで勝規は初めて武に笑みを見せた。ちなみに、武はこの強面の兄をヤクザかチンピラだと思っていた。実際、若い頃は地元でも名を馳せた不良《ワルガキ》だったが、現在は浦和の市役所で働く公務員だということをしばらくした後に知り、驚嘆した。

サラリーマン

勝規との約束からバーテンダーを辞めた武は立川の街を歩いている時、偶然、求人の張り紙を目にした。そこには販売員の募集が記されていた。したいことがない以上、武は昼間の仕事なら何でも良かった。早速、記されていた連絡先に問い合わせ、数日後にはサラリーマンとなっていた。

武の就職先は寝具関係大手のフタバベッドで、仕事はとにかくベッドを売り歩くことだった。

これまで接客業《バーテンダー》として順調にこなしてきた武だったが、この営業の仕事は苦戦した。そもそも客を探して歩く時点からして、これまで店で客を待っていた武は、どうしたらよいものかと悩んだ。

フタバベッドは名前の通った会社ではあったが、保険の営業と似たようなもので、営業マンの給料は成約件数による歩合制だった。そのため売り上げの上がらない者は食べていくこともできず容赦なく切り捨てられていった。その分、成約の多い者の給料は破格に良かった。そんな個人が熾烈を極める環境だったので、新人の武に対して誰かが手取り足取り教えてくれるようなことは当然あり得なかった。

「どうしたら売れんだろうな…」

武は悩んだ…。扱うベッドは品質は確かだったが、その分、それに見合うだけの値段だった。当時、新卒の給料が10万円程だったのに対して、ベッドの値段は3万円だった。今で換算すると10万円近いベッドである。そうそう簡単には売れる物ではなかった。

悩んだ末、他の営業たちと同じように主婦をターゲットにし、団地を渡り歩いた。訪問販売で主婦、そして団地をターゲットにするのは基本中の基本だった。

メインの営業時間帯である昼間に家にいるのは主婦であり、その主婦が大抵、家計の紐を握っているからだ。特に武の扱う商品は安くはない以上、大学生や新卒を相手にしても始まらない。ある程度の世帯所得のある主婦層は最適だった。そして団地なら狭いエリアに多くの世帯が密集しているので、短時間で数多く当たることができ、効率の面で適していた。

しかし、当たり先が決まったくらいで売れるほど、簡単なものではなかった。

「またベッド？　さっき、来た人にも言ったけど、ベッドならもうウチにあるの。だから何度来られても買うつもりはないから、もう来ないでちょうだい」

どこの家に回っても同じようなセリフだった。いや、セリフがあるだけでもマシだった。

「あのー、わたくし、フタババベッドの……」

〝バタンッ……〟名乗っている途中でドアを無言で閉められるということも珍しくはなかった。強く閉められるドアの耳障りな音が断り文句の代わりだった。

それも当たり前のことで、武にとって最適な当たり先は他の者にとっても最適な当たり先だった。連日、同じ家に何組もの営業マンが訪ねていた。『訪問販売お断り』の張り紙が玄関扉に張られるわけである。ましてやベッドは一度買ったら、そうそう買い替える必要もない。武たちの仕事は必要としていない家庭にとっては迷惑以外の何ものでもなかった。

「話も聞いてもらえないんじゃ、売りようもない…。これはまいったな…」

これまで順風満帆に仕事をこなしてきた武だったが、初めて壁にぶつかった。しかし武は気付いていなかった。この壁の陰に別の試練が待ち構えていることを…。

浮気

武が昼間の仕事を始めるのと替わるように、光子はバーでウェイトレスとして働き始めていた。自分のために営業の仕事を始めはしたが、武の「自分の店を持つ」という夢が失われたわけではないのを光子は知っていた。だから、いつかふたりで店を持った時のためにとウェイトレスを始めたのだ。もちろん兄の勝規には秘密で…。

武も最初は勝規のことがあったので、光子がウェイトレスをすることに反対だったが、ふたりの将来を考える光子の気持ちをくむことにした。武には、その光子の想いが素直に嬉しかった。

そんなふたりだったが、時には些細なことでケンカとなることもあった。心を許し合っているからこそ、自分の気持ちを隠さずストレートにぶつけ合ってしまうのだ。

しかしある日、怒りに任せて振り上げた武の右脚は、光子にぶつかることは当然なかったが、代わりにガラス戸を蹴り上げてしまった…。〝ガシャン〟 戸は外れ、ガラスの破片がその場の雰囲気には似つかわしくなく綺麗に舞った。

「ぐっ…くうっ…」

武は右脚を抑えて倒れた…。その足首は傷口がどこにあるのか探せないほど血にまみれていた。

「武さん!」

光子は青ざめた表情で武に駆け寄ると、慌てて近所の家に電話を借りに行った。そして、呼ばれた救急車で病院に搬送された武はアキレス腱断裂と診断され、そのまま入院することとなった…20歳を目前に控えた6月のことだった。

光子は武の入院は自分のせいだと責任を感じ献身的に見舞いに訪れた。バーの出勤時間になるまで光子は武の側を離れなかった。武は光子のせいなどとは微塵も思っていなかったが、そんな光子の優しさにさらなる愛しさを覚えた。それと同時に、ケンカをしてしまったこと、怒りに任せて暴れてしまったこと、そして今、こうやって心配を掛けてしまっていることを後悔し、その申し訳なさをそのまま言葉にした。

「…ごめんな…俺、すぐカッとなっちゃって…。これからは気をつけるから…」

「ううん…私のほうこそ、意地っ張りだったから…ごめんなさい」

「ハハハ…お互いにごめんなさいだな。じゃあ、喧嘩両成敗ってことで、このことはもう終わりな！」

「うん」

そしてふたりは笑い合った。この時、武は「もう大丈夫だ…。俺たち、これからもうまくやっていける！」そう感じていた。

しかし、砕け散り宙を舞ったガラスを再び1枚のガラスに戻すことができないように、武と光子の間には元に戻すことのできないヒビが入っていた。そして、そのヒビから少しずつ、幸せな日常は崩れていった…。

入院から2週間が過ぎた頃、武は光子の微妙な変化に気付いた。それまで朝から晩まで武の病室にいた光子が朝来てすぐ帰ったり、夕方に少しだけ顔を見せたりと、それまでとは違う行動を取り始めたのだ。

確かに、いつも武の側にいなくてはならないわけではないが、光子の仕草、喋り方に何とも言えない違和感を感じたのだ。気のせいと言えば済んでしまうような小さな違和感だったが、銀座でも発揮された通り、小さな人の変化にも気付いてしまう武である。その違和感の陰に男の存在を直感的に感じた。しかし、確証も何もないのに闇雲にそのことを口にしても関係をギクシャクさせるだけだったので、不安な気持ちを持ちながらも武は1週間後の退院の日を待った。

しかし、事態は退院まで待ってはくれなかった。

――1960(昭和35)年7月1日。

この日は武の20歳の誕生日だった。しかし、この記念すべき誕生日を武は病院のベッドの上で迎えた。しかし武はそれでも別に構わなかった。光子がいれば病院だろうが自宅だろうが大差なかったから……光子さえいれば。

入院から3週間が経ち、光子が病室を訪れる時間は、すっかりまばらとなっていた。訪れない日もあった。武の不安は日に日に膨らんでいたが、この日だけは入院したばかりの頃のように、朝から来てくれるだろうと期待していた…いや、期待したかった。

ところが真上から差し込む夏の陽射しに窓辺に置かれた花瓶の影がなくなり、再び現れたその影が今度は東に長く伸びる頃になっても光子は部屋を訪れなかった…。

「そうか…やっぱりそういうことなのか…」

武は暗くなった病室でひとりつぶやいた。見舞いの果物籠を武はちらりと見ると、そこに手を伸ばした。そして、まだ右脚にギブスの巻かれた体を起こすと松葉杖をついて歩き始めた。病室を出て、階段を降り、エントランスを後にした…。

途中、雨が降って来たが気にする様子もなく、武は重く不自由な体を引きずって歩いた。そして病院を出て30分が過ぎた頃、武の目には自分の住むアパートが映っていた。通りから見える自分の部屋には明かりが灯されている…。

武は玄関前に立つとドアノブをひねった。〝ガッ…〟鍵がかけられている。持って来た自分の鍵でそれを解除すると、〝バンッ！〟。武は勢い良くドアを開けた。

「…」

そこには想像した通りの…、いや想像したくない光景が待っていた。20代半ばくらいの裸の男と、慌てて布団で体を隠す光子の姿があった。

「──ッ！」

不思議な感覚だった。頭の中は脳が沸騰しそうなほど熱いのに、思考は至ってしっかりしていた。そのくせ、自分の体は思うように動かず喋れず、そんな自分を冷静に見ている自分がいた。〞自分〞と〞自分では思い通りにならない自分〞とのふたりに分かれたようだった。

「やっぱり、こういうことか！」

〞思い通りにならない自分〞は声を荒げて言った。そして病室を出る時に懐に忍ばせて来た果物ナイフを取り出すと、男のほうを見て吠えた。

「俺の女に手を出したんだ。覚悟はできてるよなぁ！」

周囲の部屋にも聞こえるような声だった。

「！」

その声に反応した男がいた。妹を訪ねようと廊下を歩いていた勝規だ。勝規は慌てて武の部屋へと駆けつけた。すると、まさに武が果物ナイフを腹の前に構え、眼前の男に向かって突進しそうな場面だった。

〝ダッ〟勝規は武がおぼつかない脚で一歩を踏み出した瞬間、自分の脚を武の脚の前に伸ばした。

武は、その脚にギブスの巻かれた右脚を引っ掛け、前のめりに転がった。転んだ拍子に自分の腹をナイフで少しだけ切った。

「痛ッ…」

その痛みにふたりに別れた武はひとりに戻った…少しだけ我に返った。しかし、それで武の怒りが治まるわけもなかったが、その場は勝規が治めることになり、武は勝規の運転する車で病院へと戻された。

その男は光子の働くバーに度々、訪れていた〝流し〟の歌手だった。男は、どうしても武を怪我させた負い目を払拭できなかった光子の弱みにつけ込んで接触してきたのだ。

その後、光子は水商売に手を染めていたこともあって、勝規に強制的に浦和へと連れ戻された。退院した武も光子を追いかけることはできなかった。それは浮気されたからというのも少なからずはあったが、それ以上に、もしやり直したとしても、一度、自分に負い目を持ってしまった光子が、これまでのように自分と楽しい時間を過ごせるとは思えなかったから…ここで終わりにすることがお互いにとって良いと思ったからだ。

こうして武の〝青春の恋〟ともいうべき現在《いま》を顧《かえり》みない恋愛は終わった。そして、その結果として営業マンの仕事だけが残った。

トップセールスマン

退院した武は、それまですべてだった光子の存在を埋めるべく仕事に没頭した。家で待つ者のいなくなった武に公私という概念はなく、24時間仕事態勢となっていた。すると不思議なことに、それまでどうしても売れなかったベッドが少しずつ売れるようになり始めた。もちろん、全身で仕事に当たるようになった結果、売れるようになるための〝あること〟が変わったのだ。

それまで武は「ベッド」を売ろうとしていた。しかし〝人と同じこと〟をしていても売れるわけがないと気付くと、他人と違うことは何かと考えた。そして、それは他人の反対…つまり〝自分〟だという考えにたどりついた。

――自分が売っているから、自分だからできることを売り込めばいいんだ！

そして武は「ベッド」を売る前に〝自分自身〟を売り込むことに注力し始めたのだ。

「すいません、僕に3分…いや、1分だけ時間をください！　それでも、ご興味頂けなければ、すぐに失礼しますし、二度とお伺いも致しませんから」

インターホンを押して出て来た相手に対して、武は型にはまった営業トークではなく、まずこの限られた時間を何が何でも勝ち取るための会話に全力を注いだ。

この数分間と時間を区切ることで、相手は「それだけなら」「それで帰ってくれるなら」と警戒心を緩め、とりあえず玄関先まであがることができた。

そして、ここから自分を売り込むために武は、これまでの経験をフル活用した。学歴もなく営業としての経験もない武にあるのは、学生時代に手当たり次第ナンパをして学んだ「女性に合わせた会話のレパートリー」と、バーテンダーを通して学んだ「相手の表情や声の微妙な違いから感情を読み取ること」だった。

――つまり武は客である団地妻一人ひとりに、自分との会話を楽しませることを目標とした。

それはバーテンダーの時、客は〝顔馴染み〟という環境に居心地の良さを感じて店に通って来てくれていると感じたのと同じ理由だった。

会話さえ成立させてしまえば…自分を面白いと思ってもらえさえすれば、その家に通うことができるようになるはず。そうすれば、ベッドを売るチャンスは必然的に増えるはず——それが武なりに考えた自分らしい…自分にしかできない営業方法だった。

そして、この方法は3ヵ月と経たないうちに武の思う以上の結果をもたらした。急にベッドが飛ぶように売れ出したのだ。武はすっかり忘れていた…客が団地妻——女であるということに。

武の客の心をつかむための会話は、その限られた時間の中で効果的に客との距離をつめた。そして、何回か通う中で自分のスタンスと相手の性格を理解すると、武はナンパで相手を口説く時のクセで会話の中に〝遊び〟を入れるようになった。

「このベッドなら旦那さんとも熱い夜を…って、そんなこと言ったら、〝必要ない〟って断られちゃいますね…。アハハハ」

しかし、これに返ってきた展開が武の営業マン人生を大きく左右した。

「そうだったらいいんだけどねぇ…。ベッドで変わってくれるなら、いくらでも買うのにね…」

冗談に冗談で返す口調だったが、武はその言葉の陰に寂しさを見逃さなかった。時は社用族という言葉が流行《はや》った時代である。夫が会社の経費で銀座や六本木を渡り歩いているのを妻たちも黙認していた。そこには寂しさが確かにあったのである。

「何ならベッドの使い方の実演もできますよ」

　それまでと同じ笑顔と明るい口調で言った。もし相手にそのつもりがなければ、ここでも冗談と取ってくれるだろう。しかし武の感じた通り、寂しさを抱えていたなら、彼女はこの言葉を正面から受け取るはず…武はそう考えた。

「教えてもらっても…いいんですか?」

　彼女の返した言葉は予想した通りのものだった。こうして武は平日の昼下がりに団地妻と肌を重ねた。とにかく客との距離を近づけるためなら、誰に気兼ねする身でもなかったので、肌を重ねることもいとわなかった。

　しかし、この行為の生んだものは距離を近づけるどころではなかった。この肌を重ねた人妻は、すっかり武をそのテリトリーの中へと入れたのだ。

　ベッドを買ってくれたのはもちろん、他の団地仲間の人妻も紹介してくれた…「べッドの使い方」の話と一緒に。そして、この紹介された人妻とも肌を重ねると、同じように、ベッド購入と共に知人を紹介してくれた。

こうしてひとりから数人につながり、それがさらに数人になり…と、ねずみ算のように増えていった。もちろん、それに比例して、「ベッドの使い方」も教えねばならず、武は毎日のように誰かしらと肌を重ねていた。

この団地妻たちにとって、武は寂しさを紛らわすための都合の良い存在に過ぎなかった。寂しさを紛らわすために変なことをして近所の噂になったら困るという考えがあるが、近所で武を共有しているので、むしろ安全だった。何かあっても口裏も合わせやすい。もちろん、その見返りとして武からベッドを購入しなくてはならないが、それに困るほど所得は低くなかった。

武にとっても、これほど有り難い客はなかった。彼女たちには夫や子供といった家族がいるので、銀座の時のように武にのめり込むような心配もなかった。

仕事がうまくいくと、仕事を面白いと感じ、そして、その面白さが新たな成功を呼んだ。そして気付くと武はわずか20歳にして、全国250店舗あるフタバベッドの営業所の中でナンバー1の売り上げという快挙を達成していた。それに比例して、給料も増え、現在で換算するとその月給は１００万円を超えるまでになっていた。

独立…そして

それから6年が過ぎ、26歳となった武は自分の営業力の非凡さを武器に独立を決意し、フタバベッドを退職した。

そして、女性ばかりを多く相手にしてきた経験から、武は防犯器具を扱う会社『日本ベル』を設立した。

資金はフタバベッドで獲得した報酬で充分間に合った。商品の仕入れも、営業の仕事を通して知り合ったルートから確保することができた。社員は武と経理、それにフタバベッド時代の後輩で武を慕い追いかけて来た営業の計３人で船出することとなった。

武は自身がベッドの営業で経験した訪問販売のスタイルを自らの会社でも採用した。もちろん、３人の小さな会社である。社長である武もベッドの営業で培った団地妻たちの販売網に商品を乗せることで、その多くを売り上げた。既に確立した武独自の営業ルートで面白いように商品が売れたのだ。

そして売り上げの拡大に応じて営業の人間を補充していった。幸い、人的な確保に武は苦労することはなかった。フタバベッドには武を慕い憧れる人間が多くいたし、新潟時代の不良仲間も武が独立したと耳にすると、手伝わせてほしいと頼んでもいないのに押し掛けてきた。

親分肌の武は、それらの好意のある者たちはすべて受け入れていった。そして彼らも仕事であるということ以上に、憧れである武に認めてもらいたいという思いから、全力で働いてくれた。

気がつくと、日本ベルは立ち上げから1年と経たずに30名を超えるまでになり、武は運転手付きで高級車に乗るまでになっていた。武は実業家としても、成功の階段を上り始めていた。

しかし、女性への強い興味を持つ自らの性格が、その快進撃の脚を引っ張ることとなる…。

社長として成功を収めた武は、銀座や六本木の高級クラブの回遊が楽しみとなっていた。もちろん、その時は頑張っている社員もねぎらいを兼ねて連れて行ったが、それも相手を替えて連日のように出かけた。まだ26歳の時分である、武はそこに女性がいると口説かずにはいられなかった。実際、その中から何人もの女性と関係を重ねただけでなく、付き合いもした。

この時の武にとって唯一と言っても過言ではない楽しみだった高級クラブ通いはとどまる所を知らなかった…自らの身を滅ぼすこととなっても。

武が女に現《うつつ》を抜かしている間に、社の業績は急降下していた。武の販売ルートでは商品を売りつくしてしまい、営業たちの数字も芳《かんば》しくなかったのだ。それもそのはずで、同じ商品を1年間売り続ければ底が来るのは当然だった。しかし、この時の武は女たちのことにその意識の多くを奪われ、正しい経営判断ができていなかった。

そして、2年を待たずして日本ベルは倒産の憂き目を見ることとなった…。

しかし、これで終わる武ではなかった。再び仕事に全力で打ち込み、その年の内に日本ベルのスタッフたちと今度はカツラを扱う『クリーンヘア』を立ち上げた。これも、自分の持っている主婦層のネットワークを活かせる商品だと目をつけた。しかも、この商品は防犯器具と違い消耗品の上、メンテナンスも必要だから、一度つかんだ客を永続的に活用できる…そう考えたのだ。

そして、このビジネスも見事に当たった。武の顧客である団地妻の多くは30代後半から40代だったため、その夫の中にはこの商品を必要としている者も少なくなかった。スタッフたちの努力の甲斐もあって、立ち上げ3ヵ月でクリーンヘアを軌道に乗せることができた。

…そして、再び、武の高級クラブ通いが始まった。

今度は安定して売り上げを伸ばしていける…そう武は確信していた。その安心が再び女性へと意識が分散してしまった武を盲目とさせた。武は気付いていなかったのだ…防犯器具もカツラも商売になると着眼した商品は、それで勝負を賭けるには、まだ時代が早かったということを。

現在であれば、防犯器具は女性だけでなく子供も携帯するほど一般的となったし、コンプレックス商材であるカツラも様々な商品が発売され、その敷居は低くなっている。しかし時代は40年近く前…1960年代後半である。カツラに抵抗感のある男性は、現在の比ではなかった。いくら妻に強く薦められてもベッドのようにはいかなかったのだ。武はそのことに気付いてはいなかった。

売り上げは初速こそ良かったものの次第に下降していった。そして、気付いた時には上方へと修正することは不可能となっていた。こうしてクリーンヘアも1年で倒産となってしまった。武、27歳のことだった。

そして、武のどん底はここから始まった。一度身に染み付いてしまった贅沢はそう簡単に抜けることはなかった。武はあちこちの金融屋から借金をしてまで銀座へ繰り出してしまったのだ。女を口説くのと比例して借金はかさんでいった…。

武の借りた金融屋は闇金融ではなかったので、家にまで押し掛けることはなかったが、催促の電話は当時同棲していたホステスの家に引っ切りなしにかかってきた。この恋人も、自分と武――ふたり分の生活費を払うので精一杯で、武の借金を払う所までは、とてもじゃないが手が回らなかった。

武は催促の電話を居留守でやり過ごしていたが、いつまでもそれで通せるはずもなかった。しかし、そんな武に転機は突然、訪れた。

ある日、武の所にひとりの男性が訪れた。日本ベルの時に知り合った保険会社の営業マンをしている男性で野口と言った。

野口も以前はフタバベッドで営業をしており、当時、武は野口との交流はなかったが、非常に優秀な男としてその名前を耳にしたことがあった。その後、野口はその力量を買われ、保険会社にヘッドハントされたのだ。そして人づてに武と知り合って以来、公私に渡り武との交流を深めていった。武は同じ会社の先輩だったこともあり野口のことを「野口先輩」と呼んでいた。野口も武を弟のように可愛がっていた。

「榎本、会社潰れたんだってな」

野口は遠慮する素振りもなく言った。

「ええ…残ったのは借金だけですよ。いやー、参った参った」

武はその言葉とは裏腹に、全然、参った様子を見せなかった。とても借金に追われている者の様子ではなかった。どんな状況でも他人に弱みを見せないことで武はプライドの一線を引いていたのだ。

「それで…これからどうするんだ?」

「うーん、それが問題なんですよねぇ…。いい加減、何かしなくちゃとは思ってるんだけど、なかなか腰が重くて…。興味ある仕事もないし…」

「一度、経営者になっちまったから、必要と分かっていても、興味の湧かない仕事をまた雇われてやる踏ん切りがつかないってことか…」

「そうっすね」

この先輩は武の気持ちを良く理解していた。そして、ふと思いついたことを武に言った。

「それなら、『ホストクラブ』なんていいんじゃないか？」

「ホスト？」

「ああ。最近、淑女《マダム》の間で密かに流行《はや》ってるらしいんだが、女性専用のクラブらしいぞ…」

「女性専用…つまり女の人のお酒の相手をする仕事ってことっすか？　そんなおいしい仕事が本当にあるんですか？」

「ああ。詳しくは分からないけどな。まぁ、仕事である以上、楽ではないんだろうけどな…。でも、この話を聞いた時、〝榎本にピッタリだ！〟って思ったよ」

武も同じ思いだった。野口の話を聞きながら「この仕事しかない！」と思っていた。

「俺、ホストになります！」

武の眼には決意に満ちた気力がみなぎっていた。

（うん。もう大丈夫だな）

野口は武のその様子に安心した。武の今の眼は、野口が初めて武を紹介された時に好感を持った眼と同じ輝きを放っていた。

そして、この先輩は餞別代わりにと、武の借金を〝ある時払い〟で肩代わりしてくれた。

こうしてゼロから再出発した武はホストクラブの門を叩いた——。28歳のことだった。

第三章

ホストクラブ

ホストの資格

「キミ、ダンスは何が踊れるのかね？」

ホストこそ我が天職と直感し、意気揚々とホストクラブの門を叩いた武だったが、ホストクラブが武を選んでくれるかは別問題だった。

ダンスホールからホストクラブが誕生し、わずか3年程しか経っていなかった当時、ダンスが踊れることは容姿と並んでホストとして最低条件だった。

「いえ…踊れません」

ホストという仕事について詳細な情報もなく情熱だけで面接を受けに来た武は当然、そんなことを知る由《よし》もなかった。

「ジルバもワルツも何も…？」

「はい…」

「そんなんでホストになりたいとは…この仕事をバカにしているのかね？」

武にそんなつもりはまったくなかったが、英語が喋れないのに通訳の面接に来たようなものだったのだから仕方なかった。武はホストとしてスタートを切ることも許されず、門前払いを喰らってしまった…。

――しかし、これで引き下がる武ではなかった。

「ダンスが踊れなきゃホストになれないってんなら、踊れるようになってやる！」

このことが逆に武の負けん気に火をつけ、武はダンスホールに通い始めた。幸い、ダンスのレッスン料も野口が貸してくれた。

上京し、起業し、失敗した今でも、好きなことに対して発揮される武の真っ直ぐな情熱と集中力は健在だった。武は2ヵ月の間、毎日、朝9時から夜10時までダンスホールで練習を続けたのだ。その鬼気迫る熱心さからダンスホールの常連客たちの中には、武がプロダンサーを目指していると勘違いする者もいるほどだった。

そして2ヵ月が過ぎ、タンゴ、ワルツ、ジルバなど必要と思われるものを一通りマスターすると、武は再びホストクラブの門を叩いた。

こうして武は2度目の面接で、ようやくホストとしてスタートを切ることを許された。ホストとなった武はファンだった歌手・愛田健二から名前を借り源氏名を〝愛田武〟とした。こうして武はホスト王への覇道の一歩を踏み出した。

洗礼

武が門を叩いたホストクラブは、前年に初めて歌舞伎町にできた『ロイヤル』という店で風林会館の地下2階にあった。

ホストクラブ創成期の当時、歌舞伎町と言ってもホストクラブは5軒となかった。

「ダンスも踊れるようになったんだ。すぐに売れるはずだ…売れっ子になってやる！」

『ロイヤル』に初めて出勤する時、武は「自分は売れる」という確信にも近い自信があった。明確な根拠はなかったが、ホストの必修科目であるダンスを短期間でマスターしたことからくる自信だったのかもしれない。ましてや、中条町では二枚目で通っていた武である。女性に困ることもなかった。それも、その自信につながっていたのだろう。そして何よりも、この仕事で身を立てると腹を括り、後ろ向きな気持ちなど微塵も持っていなかったからこその想いだった。

しかし、ここは東京――日本中から様々な男たちが集まっていた。

（な…なんだよ…。ここは俳優志望者が来る場所か…？）

出勤した武は、そこにいる100人近いホストたちを見て唖然《あぜん》とした。テレビや映画に出て来るような二枚目ばかりで、身長も170センチ以上の長身ぞろいなのである。武の身長は165センチ。ひとりだけ子供のようだった。

臆する気持ちとは裏腹に、武の口元には不思議と笑みが浮かんでいた。超えるべき明確な目標を見つけたのだ。

「俺にはこれまでに培った喋りがある。こんな見た目だけの奴らには負けねぇ」

決して表に見せることはなかったが、武はふりまく笑顔の下で闘争心を燃やしていた。すぐに、このホストたちを抜いてやる…そう意気込んでいた。

しかし、そんな武を待っていたのは厳しいホストクラブの現実だった。

「場代は1週間に2000円。その週の頭に払ってもらう。バックは指名が1時間5000円、ヘルプは500円だ。場代が払えない時は、容赦なく辞めてもらうので、そのつもりで頑張ってください」

出勤した武にボーイ長の永井はホストクラブのシステムを簡単に説明した。

「基本給というか…指名がない時は、いくらもらえるんですか？」

「そんなものはないに決まってるだろ。指名が取れない、ヘルプもできないということは、仕事をしていないということなんだ。仕事をしてないいんだから給料を払う必要はないだろ?」

これが創成期のホストクラブだった。指名・ヘルプのもらえない者は収入を得られないだけでなく、場代だけがどんどん出ていく。指名が取れるようになるか、貯えが先になくなるか…そんな環境だった。

(これはエラいとこに飛び込んだもんだ…)

永井の話を聞きながら、そう思う武だった。しかし、その逆境が武の闘争心をさらにかき立てた。

永井からの説明が終わり、開店前の店内で武は先輩のホストから声を掛けられた。

「見ない顔だな。オマエ、今日からか?」

「はい。愛田武と言います。よろしくお願いします」

「俺は知哉《トモヤ》だ。そうか…今日からか…。じゃあオマエ、まだ客もいなくて大変だな。俺のヘルプに着かせてやるよ」

「ホントですか?」

「ああ。でも指名を捕まえないことには食ってけないから、早く指名が取れるように頑張れよ！　この世界は年功序列なんてない。とにかく売り上げがすべてだからさ」

「ありがとうございます！」

良い人だ…武はそう思った。しかし知哉がかけた言葉は、そのままの意味ではなかった。

ホストクラブにはホスト間の派閥があった。売り上げの立つリーダー格のホストがいて、そのグループ内でヘルプを共有し合うことで売り上げの少ないホストたちは、何とかわずかばかりの稼ぎを得ていた。逆に、売り上げのあるホストは手駒となるホストを集め、派閥を大きくすることでさらなる売り上げをあげていた。知哉は武より5つも若い23歳だったが、この『ロイヤル』で5指に入る売り上げを持っていた。こうして武は本人の知らぬ間に知哉の派閥に加わることとなった。

しかし、新参者が他のホストを差し置いて、いきなりヘルプに着かせてもらえるはずもなく、武のホスト初日は客席に着くこともなくお茶を引いたまま終わった。

それからの数日も武はヘルプに着くこともなく、ただ知哉の命令で買い出しに走らされたりした。

この頃のホストクラブでは、30人からなるボーイが接客中のホストのサポートを万全に行なっていた。煙草がなくなればボーイがすぐに持って来たし、客が煙草をくわえればボーイが飛んで来て火をつけた。お酒を持って来るのも、グラスを作るのもボーイの仕事だった。だから本来であれば、武が使い走りをする用事などないはずなのだが、知哉が武に命じていたのは仕事以外の私用だった。

ホストの世界では実力——売り上げがすべてで、そこに年齢など関係なく、派閥に加わったホストはトップのホストの子分と言っても過言ではなかった。それを拒否することは派閥から追い出されることを意味していた。今に通ずるホストの体育会的な上下関係は、この頃から継承されているのだ。

「ホストとしての仕事も稼ぎも全然ないのに場代だけが払われて行く。このままじゃいけない」

生活費や場代は恋人が払ってくれていたので、こんな毎日でも暮らせてはいけたが、当然、武はお金を払って使い走りをしたいわけではない。

入店から1週間が過ぎ、そんな焦りを抱えて出勤した武に知哉は言った。

「今日は俺んちで電話番をしててくれ」

「え…!?」

「店じゃなくて、俺んちに電話してくる客が結構いるんだ。そういう客を取りこぼすともったいないだろ。だから、そういう客からの電話に応対して、店に来るように言うんだ。もちろん、その後には店に電話して、俺にそのことをちゃんと報告するんだぞ」

携帯電話もない時代、知哉の言っていることの意味は分かるが、何故、それを自分にやらせようとしているのか武には理解できなかった。

「あの…そしたら俺が仕事できないじゃないですか」

今までは使い走りだったが店を起点としていたから、まだホストの仕事をするチャンスがあると思えた。しかし、これでは完全にホストとは関係ないではないか…武はそう思った。

しかし、そんな武の考えとは裏腹に知哉は非情な言葉を武に放った。

「どうせオマエは店にいたって客なんか取れやしないんだ。だったら、今日は俺の電話番をして、明日からの仕事でヘルプに着かせてもらったほうが得策だろ?」

この男は、初めから武を便利な駒として使おうとしか考えていなかった。そのことに気付いた武は、人に合わせようとしていた自分が急にバカらしく思えた。

（元々、人に使われるのが嫌いな俺が何をやってるんだ…）

武は心の中で自嘲気味に笑った。そして知哉に言葉を返した。

「いえ、俺は自分の力で客をつかみますからお気遣いは無用です」

ムッとした様子を欠片《かけら》も見せずに、武は笑顔で言った。しかし、知哉にはそれが宣戦布告以外の何ものでもなかった。

「それはつまり俺の派閥から抜けると…俺の敵になるということだな？」

確認の言葉を借りた脅しを、敵意を露《あらわ》にした表情で知哉は言った。武は相手の感情に流されずに笑顔をたたえたまま返した。

「同じ店で働く者同士、別に敵になるつもりはありませんよ。ただ、知哉さんの派閥に入ったつもりもない。ただヘルプをくれると言うから、それに応じただけです」

「フン…せいぜい、場代が払えるように頑張るんだな」

自分に媚びない男を知哉のプライドは許さなかった。こうして先輩である知哉とギクシャクした関係の中、武はホストとして改めて出発することとなった。

天職

知哉の派閥から離れ、ひとり、ホストクラブという戦場で闘うこととなった武は、とにかくまずはひと組でも指名客を獲得しようと考えた。

しかし、この1週間、知哉の使い走りをしながら見た限りでは、一見の客はそうそう来ないようだったし、来たとしても、どのホストを客席に着かせるかの〝付け回し〟を差配《さはい》するボーイが、新人ホストにその貴重なチャンスを与えているようには見えなかった。

それもそのはずで、派閥を持つホストたちはボーイにチップを握らせ、新規客が来ると自分に優先的につけるように子飼いにしていたのだ。だから指名の取れないホストは、どこかしらの派閥に加わらなければ、ホストとしての仕事にもありつけない状態だった。

しかし、武は普通の新人とは違った。

「店に新規客が来ないなら、俺が外から連れて来よう」

当たり前過ぎる考えにたどりついたが、それができないから皆、苦労していた。しかし武はかつての訪問販売で客だった団地妻やダンスレッスンで知り合った女性たちに片っ端から連絡した。

彼女たちとは「営業と客」という立場ではなく「男と女」として接して来たため、仕事が変わった今でも、その距離を埋めることはたやすかった。昔も今も変わらず、商品は武自身だったからだ。

すると彼女たちは武の誘いに応じて、次々と『ロイヤル』へ訪れた。団地妻たちは、元々、時間とお金を持て余していた人たちである。ホストクラブに対する興味があった。そして、ダンスホールで知り合った女性たちも、ダンスホールを女性ひとりで行けるようにしたホストクラブには興味があった。

キッカケがなく、ホストクラブの敷居をなかなかまたぐことのなかった彼女たちも、武というキッカケのおかげでその敷居をまたぐことができたのだ。

こうして武は入店から2週目にして指名客を得ることができ、客席に着いてホストとしての仕事をすることができるようになった。しかし、これはあくまでスタートラインに立ったに過ぎなかった。武の快進撃はここから始まる。

少しの余裕が出てくると武はボーイにチップを握らせ、自分にも新規客を回すようにさせた。しかし、武は新規客のテーブルに着くのは一番目じゃなくても構わなかった。知哉や他のホストが着いて、彼らが指名を取れなかった後でも一向に構わなかった。それだけ武には自信があった。

確かに他のホストたちは二枚目で武よりも背が高く、パッと見の印象は武には分《ぶ》が悪かった。しかし自分の仕事をするかたわら、他の売れっ子ホストたちの様子を見ていた武は、接客業として怖いホストはこの店にはいないと感じていた。

他のホストたちは、その持って生まれた格好良さの上にあぐらをかき、仕事としての努力に欠けていると武の眼には映ったのだ。お客の言葉に甘く囁《ささや》くように返す、ダンスをそつなくムーディーに踊る、後はお金を落とさせる…それぞれホストは違うものの、やっていることは皆、同じだと思った。そんな無難なホストに24時間態勢でホストのことを考えている自分が負けるはずはないとも…。

当時のホストクラブは入店するための条件はあったが、様々な仕事をしたがうまくいかなかった者が訪れる〝駆け込み寺〟のような側面も持っていた。ある意味、武もそんなうちのひとりだったがホストこそ天職と自ら望んで来た武と、他に選択肢がなく訪れた者たちとでは心構えがまったく違った。

武は自分自身をエンターテインメント仕様に強調して作った〝愛田武〟というキャラクターを演じた。愛田武はどんな時でも「大らかで細かいことは気にせず大陸的」というキャラクターを崩さなかった。そして愛田武は、その自身が他のホストに対して持つ外見的なコンプレックスを逆手に取り、客を笑わせて盛り上げよう…楽しませようと心に決めていた。席に着く所から見送る所までがひとつのパフォーマンスなんだと…。

だから新規客の席に着く時も普通に登場するのではなく、満面の笑みで客の元に走り寄り、あたかもその客を待っていたと言わんばかりに楽しそうにもてなした。

名刺ひとつを差し出す時も、普通に名乗ったりはしない。

「やっぱり人って愛が大事だよねぇ。だからほら、俺なんて名前が〝愛田〟だもの、どれだけ愛情深いか分かるでしょう」

ユーモラスに自分の名前を名乗った。ただ面白く話してるだけではなく、こうすることで自分の名前を相手に覚えさせることができた。

決して道化にはならずに相手を楽しませて自分に引き込む。この会話術と自己演出は、これまで好きなこと――女性に全力で打ち込んで来た武の今までの人生そのものの賜物だった。

そして武の魅力は、これだけではなかった。男も惹き付ける許容の深さ――親分肌の性格があった。武は客を獲得する度に派閥に関係なく、空いているホストをヘルプとして自分の席に呼んだ。

「あの…でも俺、武さんのグループじゃ…」

呼ばれたホストは申し訳なさそうに言ったが、武には関係なかった。

「なに言ってんの。元々、俺、派閥なんて作ってないよ。ひとりじゃ大変だから手伝ってください」

指名の取れない苦しさ、派閥の下で使われる大変さは、武も体験し理解していた。

(俺が経営者だったら、こんなシステムじゃない仕組みにするのに…。見込みのあるホストが指名客をつかむ前に場代が払えなくて辞めちゃってるじゃないか…)

そう思う武だからこそ、指名もヘルプも取れずに苦しむ仲間たちを放ってはおけなかった。そこには自分だけが良ければ良いという考えはなく、積極的に周りのホストに声を掛けていった。

そして自分に協力してくれたホストたちと武は食事に行き、ご馳走したりして、親睦を深めていった。

「武と一緒だとヘルプでも仕事が楽しいよな」

「武さんは尊大な対応しないし、食事にも連れてってくれる時もある。俺、どうせやるなら武さんの下がいいな」

次第にヘルプたちの間で武を慕う声が大きくなっていった。そして、入店から半年が過ぎ、武がナンバー3となった頃、自ら立ち上げることはなかったが、『ロイヤル』には〝愛田派〟という勢力が自然にできていた。ホストという職業は武にとって、まさに天職だった。

しかし、このことを快く思わない者がいた。武に売り上げを抜かれ、ヘルプも持って行かれた知哉だった——。

暗躍

「テメェ、誰に断って、愛田ん所でヘルプやってんだ。俺から受けた恩も忘れやがってよ！」

〝ボゴッ…〟男はそう言うと向かいに立つ男の腹に拳をめり込ませた。

「グボッ…」殴られた男は悶絶し、床に突っ伏した。

風林会館の薄暗い非常階段踊り場には、その狭いスペースにも関わらず、他に3人の男たちが、そのふたりを取り囲むように立っていた。

「今日はこれで勘弁してやる。だが、今度、愛田の席に着いた時にはどうなるか…分かってんだろうな?」

男は床に転がる男に冷徹な目でそう言い放つと3人の男たちを従えて、その場を後にした。

「…」

残された男は悔しさと怯えがない交ぜになった表情で立ち上がると、ゆっくりと歩き、その場を去った…。

「あれ…今日は明彦、休みなんだ?」

開店間際の店で武は言った。その言葉に愛田派のひとりが返した。

「いや、今日は休みじゃないはずだけどな。誰か聞いてる奴いるか?」

愛田派の面々は一様に首を横に振った。

「そっかぁ…。この前は誠司が何の連絡もなしにいきなり辞めちゃったしな。明彦がそうじゃなければいいけど…」

武は心配そうな表情を浮かべると、仲間たちのほうに顔を向けて言った。

「もし何か悩みがあったら何でも相談してくれよ。せっかく、こうして一緒に働いてる仲間なんだ…できる限り力になるからさ」

最近、仲間が武に何の相談もなく次々と店を後にしていた。厳しい世界だけに去って行くのは仕方ないと思いつつも、何の前触れもなくいきなり去って行くことに武は言いようのない不安を感じていた。

「クククッ…」

そんな武たちの様子を見てほくそ笑む者たちがいた。知哉とその派閥の者たちだ。

「新参者が調子に乗るんじゃねぇ。いい気味だぜ」

その知哉のつぶやきが武の耳に聞こえることはなかった——。

結局、その日の営業中、明彦のことが頭から離れなかった武は翌日の出勤前、荻窪にある明彦の住むアパートへと向かった。この頃、寮制度などなく、部屋は各自で探して住んでいたので、その居住地域はホストによってバラバラだった。

「明彦ぉ…、俺だけど…武だけど…」

明彦の部屋の前でそう名乗ると、〝ガチャッ…〟。それに応じるように扉が少し開き、明彦の顔がのぞいた。

「た、武さん…！」

明彦の声は沈んでいたが、武はいつも通り大らかな様子で声を掛けた。

「よぉ、昨日はどうしたんだ？　いきなり休んだから心配したよ」

「そのために、わざわざ…？」

「わざわざなんてことはないさ。でも、何かあったんじゃないかって気になったんだ。何も言わないで急に休むような奴じゃないだろ、明彦はさ」

「武さん…」

明彦は今にも泣き出しそうな表情で武を見ると自分の部屋へと招いた。

「――じゃ…じゃあ、知哉さんが因縁をつけて、脅して来たってことか⁉」

昨日、早めに出勤した明彦を襲った知哉たちの暴力…。その真実を知った武は、驚きを隠せなかった。

「はい…。知哉に自分の下に戻るように言われたんだけど、今、仕事が楽しいから断ったんです。そしたら急に…」

明彦は悔しそうな表情で一端、言葉を区切った。

「俺も抵抗したんだけど、アイツら4人で一斉に来て…。結局は袋だたき状態でした」

さしもの武も、この時は大らかな表情ではいられなかった。その眉間にはシワがより、話を聞く顔は真剣そのものだった。

「でも、なんで知哉さんは明彦に因縁をつけてきたんだ？」

「俺、元は知哉派でしたから…。それが今、武さんの下にいるのが面白くないみたいです。急に来なくなった誠司も前は知哉派でしたから、多分、同じ脅しにあったんだと思います」

武は愕然とした。それと同時に怒りが込み上げてきた。

「そんな…。それだけの理由で明彦をこんな目に遭わせたってのか…」

つまらない個人のプライドのために仲間を傷つけた。その原因である自分にではなく、自分の周囲の人間を卑劣な手で傷つけた。武の怒りはあっという間に頂点に達した。28歳の今でも、ガキ大将に頭から突っ込んでいった幼い頃の真っ直ぐな感情は変わってはいなかった。

明彦の部屋で予想外に長い時間を過ごした武は、その足で出勤したが、既に店は開店時間を過ぎていた。

武は店に着くとロッカールームには行かず、私服のままメインホールを横切り、あるソファーの前で立ち止まった。その席では知哉とそのヘルプ3人が知哉の客を囲んでいた。

「愛田、オマエ、そんな格好でお客様の前に立つなんて失礼だぞ。何か用か？」

いつもの大らかな様子はなく鋭い眼光で自分の眼前に立つ武に知哉は言った。しかし武は、その知哉の言葉には耳も貸さず、さらに一歩前に踏み出すと――、

「お客様、失礼致します」

知哉の客に深く一礼した後、〝グッ〟と知哉の胸倉をつかみ上げ、席から立たせた。

「キ、キサマ…何のつも…」

〝バキャッ〟知哉の言葉が終わるのを待たずに、武は知哉の左頬を殴りつけた。ホ

ストにとって顔は命だった。しかし、武はあえて知哉の顔面を全力で殴りつけた。

「ギャッ…」

その殴られた勢いに、蛙が潰れたような声を上げながら知哉は床に叩き付けられた。

「これまで、自分のほうが売り上げで勝っているからと、目上の先輩たちに対してしてきたアンタの横柄な態度も気にしないようにしてきた。ヘルプを自分の子分か何かと勘違いしているその考えも気にしないようにしてきた。だが、自分のつまらねぇプライドのために仲間を傷つけたオマエのような下賤な奴にホストをする資格はねぇ！」

地べたに転がる知哉を見下ろすように言った。その怒りを露《あらわ》にした武の姿を、店の誰もが初めて目の当たりにした。

「こ…こんなマネしてタダで済むと思うなよ」

知哉は武の目を見ることもできずに、ありきたりな負け惜しみのセリフを吐いた。

「タダで済むとは思ってねぇ…。だが、二度と俺の前に姿を見せるな！」

そう言いながら、武は睨みつけた。武は知哉がホストでいることを認めなかった。だから知哉の顔を殴ったのだ。

「クッ…クソッ…」

知哉はその場から逃げ去って行った。後に残された武は、店内に向けて深々と頭を下げて言った。

「お騒がせしてしまい大変申し訳ございませんでした」


ホスト同士のケンカは御法度だった。退店《クビ》を覚悟の上で知哉を殴った武だったが、店側は事情を考慮して1週間の出勤停止で収めてくれた。知哉は自ら進退を決する前に、その陰でしてきた暴挙が明るみに出たため、退店を言い渡された。

この一件を通して、仲間たちは武が自分たちに向けてくれる気遣いが知哉のように利用しようと計算されたものではなく、本心から来ているものなのだと感じた。武と仲間たちとの結束は、より深いものとなった。

移籍

謹慎中、武の元にあるひとりの男が訪れた。その突然の来訪者に武は驚いた。

「な、永井さん！」

玄関先に立っていたのは、武が『ロイヤル』に入店した時、ボーイ長をしていた永井だった。永井は1ヵ月程前に店を辞めていた。

「久しぶりだな。頑張ってるそうじゃないか。噂はいろいろと聞こえてるぞ」

「お久しぶりです。今は何をされてるんですか？〝噂は〟ってことは、今もホストクラブで働いてるんですか？」

「ああ。渋谷にある『ナイト宮益《みやます》』でボーイ長をしてるよ」

「『ナイト宮益』…」

初めて聞く店の名前だった。

「それで…今日はどうしたんですか？　俺に何か？」

永井とは『ロイヤル』でホストとボーイ長という関係ではあったが、それほど親しいわけではなかった。間違えても、お茶を飲みながら世間話をするために家を訪れるような間柄ではなかった。

武のその言葉に永井の眼は、それまでの穏やかな色から真剣な色に変わった。

「単刀直入に言おう。武、『ナイト宮益』に来てくれ！」

「えっ…!?」

「今、『ナイト宮益』は客足が遠のき逼迫《ひっぱく》した状態だ。その立て直しのために俺は『ナイト宮益』に呼ばれたが、ボーイの力だけではどうにもならないのが現状だった。付け回しやサービスを強化してもボーイは黒子だ。最終的に客を満足させるのはホスト…。しかし今、ウチの店には、それだけの力のあるホストがいないんだ。客を呼べるだけのホストが…」

「…」

武は永井の言葉を真剣な表情で黙って聞いた。

「今、必要なのは、『ナイト宮益』という舞台で主役を張れるだけの力のあるホストなんだ。そして俺の知る限り、それができる男は愛田武…オマエしかいない!」

力説する永井の言葉には有無を言わせぬ説得力があった。永井は武よりふたつ年下だったが、元々、思ったことをハッキリと言う性格だった。厳しくもあったが、その半面、裏表がないこの性格を武は好きだった。何よりも永井は非常に頭のキレる男だったので、物言う時は的を射ていることがほとんどだった。そんな永井がこれだけの信頼を寄せてくれているというのは武にとっても悪い気はしなかった。

「永井さんにそう言ってもらえるのは凄く嬉しいです。でも、なんで俺なんですか？俺より売り上げの多い人だっているし、見た目で言ったら、それこそごまんといる。それなのに、どうして俺に声を…？」

「それは魅力だ！」

永井は武の問い掛けに間髪入れずに答えた。

「魅力？」

「確かに見た目や背格好で言ったら、武はホストの中でも目立たないだろう。だが、武には人を惹き付ける魅力がある。懐の深さがある。だから、かつての客も電話ひとつで呼び寄せることができるし、仲間たちは喜んで武という神輿《みこし》を担いでいる。もちろん、そのために陰で人に気付かれないように努力してるのも俺には分かる。愛田武というキャラクターを演じ、それを活かすための努力をしているということがな」

武は驚いた。これほどまでに自分を見ている――理解している人間がいることに。

「だから俺は愛田武という人間に賭けたい。そのために50万用意した…移籍金だ。俺の本気、分かってくれ！」

当時、ホストの引き抜きで移籍金を払うなど聞いたこともなかった。それも50万円という大金――現在で換算したら100万円近い額である。そこまで自分を買ってくれた永井に武は感謝の念が堪えなかった。

しかし武はその想いを受けることができなかった。

「永井さん、お気持ちは本当に嬉しいです。俺なんかに、それだけの評価をしてくれて…。でも俺、まだ『ロイヤル』を離れるわけにはいきません。まだ『ロイヤル』で受けた恩を返せてないから…。店でホストを殴った俺を退店にしなかった…その恩もまだ返せていません。だから…」

その言葉を聞くと、永井は断られた不快感を微塵も見せることなく、むしろ嬉しそうな顔で言葉を紡《つむ》いだ。

「そうか…筋を通すか…オマエらしいな。そういう奴だから俺は武が欲しいんだ。また改めて声を掛ける。それまで考えておいてくれ」

そして永井は武の部屋を後にした。

謹慎期間が終わり、1週間ぶりに出勤した武は改めて店内を見回した。営業中の店内には活気があった。ホストの間では、それぞれの派閥が競争し合っていたが、客席では客もホストも楽しそうだった。そんな光景に武はひとりつぶやいた。

「俺がこの店に入って…ホストになって半年か…」

武はホストとなった時、3年で自らの店を持つことを目標とした。ホストがどんな仕事かも分からずにその門を叩いたにも関わらずだ。

バーテンダーの時からそうだったが、仕事をする武の脳裏には、常に自分が独立した時のイメージがあった――豪華なシャンデリアにゴージャスな調度品。大理石の床には革のソファーが置かれ、その客席を埋め尽くすお客様。和気藹々《わきあいあい》とした雰囲気で楽しそうにしているお客様とホストたち。「さすが愛田さん。今日も大盛況ですね！」と掛けられた声に「いやいや、まだまだこれからですよ」と返事をする自分。そのビジョンが励みであり目標だった。

（あと半年…、この店で1年間勤め上げて、結果を出してから永井さんの所に行こう。自分の店を持った時のためにも、ここ以外の店を見ておこう）

そう決心すると、武はこれまで以上に全力で仕事に取り組んだ。そして半年が過ぎ、『ロイヤル』を去る時、武はナンバー1となっていた。

こうして武は、その舞台を歌舞伎町『ロイヤル』から渋谷『ナイト宮益』へと移した。そしてその渋谷の地では、その後の武の人生を大きく変える運命の出逢いが待っていた——。

ホストの才能

『ナイト宮益』初出勤となる前日、武は永井の元を訪れたついでに営業中の店内を見学した。厚い扉の向こうに広がる広々としたダンスホール、その奥にあるソファーの置かれたボックスの客席といった構図は、雰囲気こそ違うものの『ロイヤル』と大差はなかった。それもそのはずで、どちらの店もホストクラブ創成期に立ち上がった老舗店のひとつだった。しかし、そこにいる客の数が圧倒的に違った。

『ロイヤル』では満席とまではいかないまでも、連日、7割以上の席が埋まっていたのに対し、この武の新たな戦場では7割以上の席が空いていた。そこには客が入りきれないほど流行《はや》っていた、かつての名店の面影はなかった。

「これは…大変だな…」

武はつぶやいた。しかし、そう言った口元には笑みが浮かんでいた。『ロイヤル』

に入店した時と同じだった。

当時、『ナイト宮益』には70人ものホストがいたが、永井の言う通り、この店で主役を張れるだけのホストは武の眼にも映らなかった。

武が店を移る時、武の下で働いていた「愛田派」の面々は一緒に行きたいと申し出て来た。しかし、永井から店の苦しい状況を聞いていた武は首を縦には振らなかった。

「今、皆で店を移っても売り上げを上げられるか分からない。そこまで、皆を巻き込むわけにはいかない。だから、まずは俺が先に行って1ヵ月間様子を見て、やっていけそうだったら、皆にはその時、力になってもらいたい」

そう言った武だったが、仲間たちとは1日でも早く仕事を一緒にしたかった。

——やるからには結果を出す。それが移籍金まで用意してくれた永井への想いに応えることにもなる。そう思った武は、翌日、皆の前で紹介された時、開口一番、自分の想いを恐れずに口にした。

「愛田武です。新参者が生意気を言いますが、3ヵ月でこの店をかつての繁盛店に戻したいと思います。いや、戻してみせます。そのためには、皆さんの力が必要です。よろしくお願いします！」

「！」

笑顔でとんでもないことを言うこの新人に、ホストたちは度肝を抜かれた。その話を唯一、驚かずに聞いていたのは、武の性格を理解していた永井だけだった。

「新参者が調子に乗りやがって…」

「まぁ、お手並み拝見といこうじゃないか…」

出る杭が打たれるのは世の常だが、案の定、ホストたちの武を見る目は冷ややかだった。

「やっぱ、そんなもんかぁ…」

しかし、それは想定の範囲内のことだった。とにかく明言した以上、あとはやるしかなかった。

――午後6時、開店と同時に数組の客が訪れた。客たちは口々に同じホストの名前をボーイに告げた。

「武くん、お願い」

「武ちゃん、今日からよね」

皆、『ロイヤル』の…ひいてはベッドセールス時代からの武の客たちだった。武は、この出勤初日を抜かりなく彼女たちに伝えてあった。彼女たちも武の門出を祝うべく訪れたのだ。

そして開店から3時間が過ぎる頃には、店内は武の客で埋め尽くされた。

「す、すげぇ…」

「アイツ…口だけじゃねぇ…」

開店前に告げた大望、そして開店直後からの千客万来。そのインパクトは冷ややかだったホストたちに、武なら大望を本当に実現するんじゃないかと思わせるのに充分だった。

そして、その有言実行の片鱗は武の魅力へと繋がった。

「すいません、ヘルプ…手伝ってもらえますか?」

「えっ⁉ は、はい!」

周囲の冷ややかな対応も、武に度肝を抜かれている様子も関係なしに、武はグイグイと周囲を自分のペースに引き込んで行った。

もちろん、武の意識は客に向いていた。来てくれた客たちに武は喋り続けた…盛り上げ続けた。

「オッ！　理沙さん、今日は素敵な髪型じゃない。俺のためにに美容室行ってくれたんだぁ…嬉しいなぁ。って、もちろん素敵なのは髪だけじゃないよ」

「あらぁ…真美さん、今日はまた随分と素敵なドレスで…。ただでさえ素敵なバストなのに、そんなに胸元空いてちゃ、俺、そこしか見られなくなっちゃうよぉ…」

そんな武の仕事ぶりにホストたちは圧倒されていた。しかし、それでも彼らは武の真価には気付いてはいなかった。

武はただ客と話しているように見えるが、実は、いつもとの微妙な違いや客たちがほめられて嬉しいポイントをちゃんと押さえていたのだ。例えば、理沙の場合は髪型がいつもと違うのを見落とさず、それをちゃんと「気付いているよ」とアピールした。真美の場合は、いつもバストを強調した格好をしているのでバストに自信を持っていると観察していた武はドレスを引き合いに、そのバストをほめた。

ほめてほしい、気付いてほしい所を、見落とさずに的確に言葉にできる。ささやかなことだがホストにとって、これができるのとできないのとでは天と地の差があった。武は顔は笑っていながらも、五感では集中して相手の話を聞き、格好、仕草を頭の中に叩き込むという作業をしていた。努力で手に入れたホストとしての才能だった。

また武は、容姿、性格、スタイルなどの条件のうち、ひとつでも自分の好みをクリアしている相手なら全力で愛することができた。大抵の男は、その条件すべて、もしくはほとんどをクリアしていなければ全力で愛するのは難しいだろう。だが、武にはひとつで充分だったのだ。だから武は相手の年齢に関係なく、その客すべてを本気で愛することができた。本気の気持ちは相手に伝わる。だから客たちも猜疑心《さいぎしん》を持つことなく、武に会いたいと思い、こうして会いに来てくれる。これも武の才能だった。

こうして武の新天地初日は口開けから閉店まで自身の客で埋め尽くされた。そして、このことで武は1日目にしてホストたちの心を鷲《わし》づかみにした。

運命の出逢い

愛田武というカリスマを得て、『ナイト宮益』は一枚岩となった。もちろん店には武以外の派閥もあったが、知哉の時のような足を引っ張る者はなく、良い意味で互いに競い合い切磋琢磨することができた。予想以上の手応えを感じた武は1ヵ月を待たずして『ロイヤル』から兵隊《ヘルプ》を6人呼び寄せた。

万全となった体制は武の真価を存分に発揮させ、入店から3ヵ月を迎えようとする頃には公約通り、『ナイト宮益』はかつての…いや、それ以上の活気に満ちていた。武は名実共に『ナイト宮益』のナンバー1となっていた。

――そして季節は冬になっていた。

その日、客席に着いていた武にボーイが近寄って来ると、手で口元を隠し、武の耳元でヒソヒソと話した。

「――武さん、新規のお客様がいらしてますが…」

武はその新規客の座るソファーを見た。そこにはふたり組の女性が座っていた。どちらも武と同じ30歳前後といった所だったが、その身なり、たたずまいから上客だというのは一目瞭然だった。

「…」

少しの間、武は言葉を失った。

「ありがとう…」

我に返った武はボーイにそう返すと立ち上がりながら、自分の客に言葉を添えた。

「ゴメンねぇ…。お客さん来ちゃったから、ちょっと行って来るね。すぐ戻るから」

その客席に向かいながらボーイは武に知りうる限りの情報を提供した。

「右側の女性はすごく場慣れしてるみたいです。お金にも余裕があるみたいですし…。さっきも私に１０００円札を2、3枚渡しながら、『どなたか、いい方を着けてくださる』ですから…。あれは上客ですよ」

武はこのボーイに小遣いを渡していた。そのため率先して新規客の席に着けてくれるし、このように情報も提供してくれた。

しかし武はこのボーイからの情報を耳半分といった様子で聞くと言った。

「俺を左側の女性の席に着けてください」

「えっ…左側でいいんですか?」

「ああ…」

(絶対、右の女性なら太客《上客》になると思うのになぁ…)

ボーイの考えに武も同感だった。しかし、武はあえて左側の女性を選んだ。そして武はいつも通り顔の全筋肉を使い満面の笑顔で、その女性の席へ走った…文字通り駆け足で。隣の女性には既に翔が着いていた。翔は、この店でも1、2を争う二枚目だった。もちろん顔では一歩譲っても、売り上げでは武がその座を譲ることはなかった。

武は客席に着くと名刺を取り出しながら名乗った。

「はじめまして！　愛田です」

白い歯を剝き出しながらニコニコと笑顔で挨拶をしたが、その瞬間、この女性の顔に明らかな落胆の色が浮かんだ。

(翔みたいな二枚目を期待してたんだな…)

武はその一瞬、浮かんだ落胆を見落とさなかったが、こと新規客で言えば日常茶飯事だった。現に、これまで武が獲得してきた指名客のほとんどが、最初はこの客と同じような状況からのスタートだった。

「お嬢さん、お名前は？」

「朱美《あけみ》です」

「朱美さんかぁ…。素敵な名前ですね」

いつも通りの会話から始める武だったが、今日の武はどこか様子が違っていた。

(なんて上品な女性なんだろう…)

武は一目見た瞬間から、この朱美という女性に恋に落ちていたのだ。黒のセミイブニングドレスに肘《ひじ》までの黒い手袋をまとった、この女性には生活だけでなく、生まれの良さがあふれ出ていた。田舎生まれの武には都会的な女性の洗練された落ち着きに憧れがあった。それでも、ここまで強く心を惹かれる相手はこれまでにいなかった。ひとつでも好きになる条件があれば、全力で相手を愛せる武だったが、すべてが揃った相手と出逢ったのだ。「愛せる」のではなく「愛さずにはいられない」だった。

その日、朱美と言葉を交わして武が分かったことは、朱美が自分より4つ上だということ。今日は友達に連れられて初めてホストクラブを訪れたのだということくらいだった。

「また来てくださいね」

帰り際、アストラカンの毛皮を朱美の肩に掛ける武は言った。そこには営業の意味もあったが個人的な意味も含まれていた。

ところが朱美が武に対して持った第一印象は…、

——スイカのお化けみたい…だった。

しかし、この朱美こそ17年にもおよぶ壮絶な大恋愛の末、武の生涯の伴侶となる女性だった。そして朱美との出逢いにより、武のホスト王への覇道は加速度的なものとなる。

それからしばらくして、朱美はひとりで店を訪れた。

「ご指名は？」

「お任せするわ」

ボーイの質問に彼女は武のことなどすっかり忘れた様子で答えた。朱美が席に通される時、武はいつもの如く客席で指名客の相手をしていた。

「――そうそう、それでね…」

武は席を盛り上げるその視界の片隅に朱美の姿を捕らえた。

「あっ、ボーイが呼んでるみたいだから、ちょっとごめんね」

もちろん呼ばれてなどいなかったが、武は自ら席を立ち、自分が子飼いにしているボーイの元に向かった。

「…彼女、指名は？」

「いえ…任せると」

「じゃあ、俺に行かせてもらっていいかな？」

「はい」

ヒソヒソと立ち話をし、交渉を成立させた武は一度、自分の客席に戻り挨拶をすると、朱美の席へと駆けて行った。

（あっ…あの人だ。確か愛田さんだったわよね…）

その満面の笑みで小走りに向かって来る武に朱美は思った。

（あの人、本当にホストなのかしら？　ジゴロみたいな妖しさもないし…。ま、清潔感はあって笑顔もチャーミングだとは思うけど、やっぱりどう見ても田舎のお兄ちゃんよね。きっと売れてないんだろうな）

――朱美のその考えは、その日、覆《くつがえ》されることとなる。そして、それが恋の始まりだった。

武が他の席へ移ったのに合わせて化粧室に立った朱美は、クロークに張ってあるグラフに目がとまった。そのグラフには赤い棒でホストの売り上げが一目瞭然で記されていた。そして、その中でとりわけダントツに伸びているグラフに目がとまった。

（あら、この人ダントツね。何て人かしら…）

興味本位で見たそこには、「愛田」の名前が…。

（えっ…愛田って…。彼が、この店のナンバー1なの!?）

純粋に驚いた。自分の席に戻った朱美は向こうの席で客の相手をする武を見た。その席には武よりも男前のホストも座っていた。武はゲラゲラと大笑いしている。それにつられて、その席はホストも客も楽しそうだった。

（へぇ…単なる田舎のお兄ちゃんだと思ったけど、そういうわけじゃないんだ）

この時から朱美は武に興味を持つようになった。良い意味で裏切られたこの意外性がこの後に芽吹く〝恋の種〟となることに、朱美自身、まだ気付いていなかった。

そして既に恋の芽が伸び始めていた武も、この日は驚きの連続だった。

「朱美さんは何をされてるんですか？」

朱美の席で武は聞いた。会話を繋ぐためもあったが、それ以上に朱美についてもっと知りたかった。しかし、その返事に武は驚いた。

「あの…家事を…。私、主婦なんです」

「しゅ…主婦!?　そ、そうなんだぁ…」

普段であれば予想と違う返答にもなんなく合わせる武だったが、私情を挟んでいるだけに動揺を隠しきれなかった。しかし、朱美と会話を続ければ続ける程に武は驚きの連続だった。

朱美はシャトル聖パウロ修道女会を母体として設立された白百合学園卒という生粋のお嬢様だった。朱美の夫は東大卒で30代にして銀行の支店長となったエリート中のエリート。しかも、既に学校に通うふたりの娘までいた。さらに武を驚かせたのが、朱美の父は著名な建築家で和光大学の理事長も務める岡田哲郎だというのだ。

(まったく別世界の人間だ…)その話を聞きながら武は思った。

しかし、その心に寂しさがあるのを武は見逃さなかった。

「また来てくださいね。俺はいつでもここで待ってますから」

帰り際、武は朱美にそう告げた。それは心からの言葉だった。

それから朱美は月2回のペースで通うようになっていった。ホストにとっては決して太客《上客》ではなかったが、それでも武は嬉しかった。心が躍った。そして次第に朱美も武に心を開き、いろいろな話をするようになっていた。

朱美と夫の出逢いは、朱美がパーティーで受付をしている時だった。夫は背も高く二枚目で将来性も充分。結婚相手としては申し分のない相手だったが、その刺激のない毎日に朱美は退屈さを感じていた。夫は朱美の退屈さを「お嬢様の気まぐれ」と取り合ってはくれなかった。ふたりの娘は心から愛しているが、夫との間の愛情は正直、冷めきってしまっている。自分にとって夫は生活のため、夫にとって自分は仕事の、そして出世のために必要…そんな関係となっていた。そんな時にパーティー帰りに友達に誘われて、この店を訪れた。

そんな話を聞く頃には、武の朱美に対する想いは人妻であることも、自分とは別世界の住人であることも関係なく、ひとりの女性として愛していた。

武は朱美を食事に誘い、ヘルプたち5、6人を交えて海や山へも遊びに行った。積極的に店の外へも連れ立った。その中で朱美は気付いた。

「私、笑ってる…」

窮屈で退屈な日常しか知らなかった朱美は、武と一緒にいる時だけは心の底から笑うことができた。武と一緒にいれば自分は笑いながら暮らしていくことができる…そう思った。

そしてある日、朱美は言った。

「娘が成人したら離婚したいと思ってるの」

それは朱美がホストクラブに来るより前に…武と知り合う少し前に、既に夫に伝えていた離婚宣言だった。

その言葉を聞いた瞬間、武の「ホストと客だから」と自分を押さえていた最後の防波堤は崩れ去り、ひとりの男としての気持ちだけが残った。

「俺と一緒になってくれ」

この時には朱美も武に惹かれていたが、武が「相手は人妻」と躊躇《ちゅうちょ》したように、朱美も「相手はホスト」と、どうしても踏み切れない気持ちが…全力でその胸に飛び込む勇気が持てなかった。しかし、その背中を押したのは〝ホスト〟ではなく〝男〟としての武のひと言だった。

「俺は本気なんだ！」

その言葉には嘘も偽りも感じられなかった。簡単な言葉だったが、言葉以上の真意を伝えてくれた。

こうして武は生涯の伴侶となる女性——朱美と付き合い始めた。しかし、相手は人妻。ふたりが夫婦となるのは、この17年も後のことである。それでも、たったひとりの愛する人ができたことで武の気力はさらに充実し、覇道を突き進む力となった。

『ナイト東京』

１９７１（昭和46）年になり、武がホストとなって3年が経とうとしていた。

「自分の城を持とう」

『ナイト宮益』で不動のナンバー1の地位を1年間守り続けた武は、ホストの世界に足を踏み入れた時に目標としていた独立を実行に移そうと考えていた。当然、このことを付き合い始めて1年が経った朱美にも話した。武のホストとしての実力は朱美も知っている。武はてっきり喜んで賛成してくれるものと思っていた。

しかし、朱美もただの女性ではなかった。良家を捨ててまで愛した男と一緒になれる意志の強さと、情に流されないドライな部分を持つ女性だった。

「あなたのホストとしての凄さは私も知ってるけど、まだ早いんじゃないかしら」

「えっ…!?」

武は耳を疑った。冷たく突き放す言葉にも聞こえた。朱美は言葉を続けた。

「あなたはホストとして一流になれる男。だから独立する前に、ホストの世界の最高峰を見てからのほうが良いと思うの」

「ホストの世界の最高峰…『ナイト東京』か」

「そう。なぜ『ナイト東京』が質、量共に日本一と言われているのか…。それを体感して、その中で自分がどのくらい踊れるのかを知ってからでも独立は遅くないと思うの」

その言葉を聞いた時、武はしみじみと自分は最高の女性と一緒になったと思った。朱美は武の恋人となってから自分なりにホストのことを勉強していた。愛する男の力になりたい一心で。だから、『ナイト東京』のことも知っていたのだ。

こうして武は1年間という期限を決めて、ホストクラブの最高峰『ナイト東京』で働き始めた。

『ナイト東京』は東京駅の八重洲口にあった。2フロアで160坪、在籍するホストの数は200人近くと他の追随を許さない規模だった。しかし、武を驚かせたのは、その規模だけではなかった。

「…」

初めて出勤した時、武は言葉を失った。格好良い男たちには見慣れたはずの武だったが、そこにいたのは、これまでの二枚目ホストたちを二流と言いたくなってしまう程、洗練された格好良さを持つ男たちだった。まさに一流だった。

「こんな店があったのか…」

ホストとして揺るぎない自信を持っていた武だったが、開店時間を前にして、井の中の蛙だったことを痛感させられた。

(朱美…ありがとう。お前の言う通りだ)

心の中で愛する女性に感謝した。そして武は、これまでの自分のホストとしての実績など一切忘れて、新人・愛田武として『ナイト東京』という舞台に臨んだ。

この店でも武はこれまでの仕事を通して獲得した客を呼んだ。これまでは、それで即ナンバー入りを果たすことができたが、ここではそう簡単にはいかなかった。

『ナイト東京』はその立地上、地方からの客が多かった。地方財界人の婦人や旅館の女将など訪れる客層も、これまでの店よりワンランク上だった。それだけに客の使う金額もこれまでの店の比ではなく、武がこの店で頭角を現すには、この店本来の客を獲得する必要があった。本当の意味で武はゼロからのスタートだった。

幸い、宮益時代の売り上げで武には多少の貯えがあったので、ボーイにチップを握らせ、新規客の席に優先的に着くことができた。

しかし、この店は客層も違いホストも違った。これまでのように二枚目の上にあぐらをかくような者はおらず、皆、それぞれに努力をしていた。そんなホストたちの中から自分を指名させるには並々ならぬ努力が必要だった。

「やるからには、トップにならなきゃ意味がない」

武は、生まれついての負けず嫌いである。この最高峰の舞台に逆に闘志を燃やした。

「俺の領分はとにかくお客様に楽しんでもらうこと…盛り上げること」

どの店だろうが、周りのホストがどうだろうが、武にできること、すべきことは変わらなかった。そして武もそれを見失わなかった。しかし、それだけでは、この舞台で闘い抜くには弱かった。

ゲラゲラと笑うことも、ムーディーに迫ることも、ダンスを踊ることも、すべては客を楽しませ、その席を盛り上げるためのアプローチに過ぎなかった。客の趣味趣向、性格を見極め、それに適した対応をしているだけだった。

このプレーヤーとして最も力量を問われる舞台で武は何をすべきか考えた。何をすることが、この目の肥えた客たちを楽しませ、ひいては自分の指名へとつながるのかを24時間、常に考えた。自分の接客スキルを次のステージに上げるための方法を…。

そしてたどりついた答えは、いたって単純だった。

――すべての質を今よりも高める…それだけだった。

それがたやすくできれば誰も苦労はしないのだが、もちろん、そのために自分がすべきことも見えていた。それは「メモを取ること」だった。

ホストの仕事の基本は会話である。客の趣味趣向、その日の気分…そういったものに合わせた会話を、自分の切り口で盛り上げ展開することだった。それまでも武は、新聞を読み、テレビを見て会話の肥やしとした。客の情報も忘れないように頭の中に叩き込んでいた。

しかし、武はそれらすべての情報を逐一、メモに取ることにしたのだ。芸人が自分たちのネタをノートに認《したた》めるように、武は会話に繋がりそうな万《よろず》のことを、とにかくメモしていった。

まず客についての情報はどんな些細なことでもメモに落とした。もちろん、トイレやロッカーなど客の目の届かない場所で。誕生日、家族構成、趣味、好きな食べ物などは当たり前で、その日の服装や髪型から生理の日までを書きとめた。どんな会話にも細やかに対応するためだった。

しかし、これだけでは既存客の心はつかめても新規客には弱い。また既存客にも飽きられたら終わりである。そう考えた武は、全国紙5紙にスポーツ新聞を読み、そこから会話に繋がりそうな情報を細かくメモした。テレビドラマからは、誰が何の役をしているかのキャスティングから、その週に放映した分のあらすじ、山場、さらには台本《セリフ》まで記した。

24時間とにかくあらゆるものに注意して、そこから無尽蔵に情報を収集したのだ。もちろん、それをひけらかしては意味がなく、自分なりの「楽しませるトーク」に加工して必要に応じて引き出しから出した。

その尋常ならざる集中力と熱意は「仕事が好きだから」といったレベルではなく、自身がホストを「天職」と感じた通り、まさに生まれついての〝天然ホスト〟だからできるものだった。

ちなみに、それはホスト王と呼ばれるようになった今でも変わらず、武のスーツの胸ポケットにはボロボロの小さなメモ帳がしのばせてある。

この努力の甲斐もあって、武の売り上げは上位に喰い込むまでになった。しかし、当時の『ナイト東京』には関根という不動のナンバー1がいた。『ナイト東京』のトップ…いわば日本一のホストだった。

入店から3ヵ月が過ぎた締め日、武と関根の売り上げの差はわずか20、30万円というまでに迫った。しかし、その差こそ武と日本一との差であり、この金額をどうしても埋めることができなかった。

ところがこの月、武は関根を抜いてナンバー1となった。武の力では、どうしても抜くことのできなかった金額の差を埋め、さらに追い抜いた要因…それはヘルプ――仲間たちの力だった。

武のヘルプには、『ロイヤル』『ナイト宮益』時代から武を慕い、この『ナイト東京』へと付いてきた者以外にも、この『ナイト東京』で武の魅力に惹かれヘルプとなった者もいた。彼らは自分たちの担いでいる神輿《みこし》である武に日本一のホストとなってほしいと思い、自分たちで武にボトルを入れ、売り上げを作ったのだ。

正攻法ではないと言えば、そうなのかもしれない…。しかし武には頼んでもいないのに、そうしてくれる仲間たちがいたのだ。これが武の人柄であり、他人には真似のできない人徳《実力》だった。

こうして『ナイト東京』のナンバー1となった武は、1年間の在籍の間に日本一の座に3回もついた。それに伴って武の客層はどんどん広がっていった。

都心では山の手の淑女、淑女《マダム》、浅草・仲見世商店街や築地の女将が多かった。余談だが、山の手の淑女と浅草の女将は水と油で、どちらかが店に来ると、もう片方は帰ってしまうことがしばしばあった。

地方では、北海道から九州までの高級クラブのママたち、地方財界人の妻、老舗旅館や料亭の女将などが多かった。

もちろん、訪問販売時代からの付き合いである団地妻や、ホストになるために通ったダンスホールで知り合った女性たちも、変わらず武を支えてくれた。

そして、その年の終わり、武は『ナイト東京』を後にし、とうとう独立を果たした。現在も続く『クラブ愛』の始まりである――。

第四章

『クラブ愛』

開店準備

現在に続く『クラブ愛』――その始まりは歌舞伎町ではなく新宿二丁目からだった。

「――そう、とうとう独立するんだ。じゃあ、店はウチの近所にしなさいよ」

武の常連客で、二丁目のゲイバーのママ・ミノルのこの言葉により、『クラブ愛』は二丁目にオープンすることとなった。もちろん、中学校時代から歌舞伎町に憧れを持っていた武は、店を開く時は歌舞伎町でと考えていたが、このミノルの顔を立てたのだ。

ミノルは武の客であると同時に、水商売の先輩であり、同志でもあった。お互いの店に客を連れて訪れることは珍しくなく、時には武がひとりで訪れ仕事の愚痴をこぼすこともあった。それほど武はこのミノルに気心を許していた。

そんなミノルが物件を探してきてくれた以上、武にそれを断ることはできず、二丁目に店を構えることとなったのだ。

しかし、これが思いも寄らぬ形で武に恩恵をもたらすこととなるのだが、それはもう少し先のことである…。

1年前、『ナイト宮益』から独立して自らの店を持とうと考えた時、武は小さなスナックのような店から始めようと考えていた。そこから徐々に大きくしていこうと。しかし、朱美のアドバイスでホストクラブの最高峰を知ったことで武の考えは変わった。

――どうせやるなら、とことんまでやらないと勝ち残って行くことはできない。男が勝負を賭けるのだから失敗した時のことなど考えず、できる限り最高のものを作ろう！

その想いから『クラブ愛』は、広さはわずか30坪程で、クラブというよりは、ちょっと広めのバーといったほうが良いような雰囲気だったが、ダンスフロアーだけは用意した。本当は生バンドも入れたかったが、とてもじゃないがスペースにそれだけの余裕はなかった。

しかも、その店を武は借りるのではなく買って開いた。バカにならない保証金と礼金を準備して毎月家賃を払っていくより、最初にまとまった金は必要となるが自分の物にしたほうが良いのではないかと考えたのだ。

確かに、長期的に考えれば買ってしまったほうが安くはなるが、その分、失敗した時には圧倒的に高くつく。そもそも、普通は買うのにかかるその膨大な費用を用意することができないから借りるのである。

しかし、武には失敗した時の心配など微塵もなかった。心配があるのなら最初から店を始めなければ良いのだ。そして武には店を買うだけの資金があった。いや、正確には開店前の1ヵ月で用意した。

武は、『ナイト東京』最後の1ヵ月間、週に3日程度しか出勤しなかった。残りの日は、主に地方に多くいる太客の元を回っていたのだ。

「俺、今度、自分の店を持つことにしたんだ。だから、どうか俺を男にしてほしい」

そう言って北海道から九州までを渡り歩いた結果、100万円が3つ、200万円が7つ、300万円がふたつ、400万円、500万円、800万円がひとつずつの合計4000万円が武に手渡された。現在にしたら1億円近い額である。

しかも、地方に住む彼女たちと武が会う機会は月に1回程度しかなかった。それにも関わらず、これだけの金額を集められたのだ。それほど、武と客たちの結び付きは強かった。

もちろん何もせずにこの関係を築いたわけではない。その最たるものが、外で食事をした時だった。

武は同伴など外で食事をした時、決して彼女たちに財布を持たせなかった。ホストにとっては女性に金を払ってもらうのは当たり前だったが、そういう時に、武は自らの財布から払っていたのだ。

「お金は本当に必要とした時に頼るから…」

会計をしながら、いつも武は彼女たちにそう言っていた。そして、それを貫徹していたからこそ武が頼りとした時、彼女たちは喜んで祝い金として大金を手渡してくれたのだ。

――こうして店を開くための場所と資金は整った。次はホストである。

ホストクラブ革命

自らの店を立ち上げるにあたって、武はずっと胸に秘めていた構想を実行に移すことにした。

それは、ホストを始めた『ロイヤル』の初日から疑問に思い続けていたこと――ホストの待遇システムを改革することだった。

「今のシステムじゃ、どんなに優秀なホストでも、彼女がいて養ってもらってる奴じゃない限り、太客をつかむ前に場代が払えずに辞めるはめになる。最低限、独り身でも自分でチャンスをつかむまで働ける環境にしなくちゃ…」

その想いから考えられたのが、今日、ホストクラブでスタンダードとなっている【給料の最低保証】だった。

しかし、ホストにとっては指名が取れなくても最低限の給料を保証してくれるのはありがたかったが、これまでどこの店も保証できなかったのは、それをするだけの金銭的な余裕がなかったからだ。ダンスホールのある広い店舗の家賃、フルバンドの費用、20人以上からなるボーイの人件費等々…それらを合わせると、とてもではないが売り上げのないホストにまで給料を払う余裕などありはしなかった。

だが、現役でホストをしている武は常々、感じていた。

「ボーイの仕事を指名が取れずに空いている新人ホストにやらせれば、その分のボーイの人件費を浮かせてホストにあてられるはずだ」

当時、トイレ掃除から買い出し、テーブルへの酒出し、片付け、果ては客の煙草に火をつけるといったことはすべてボーイの仕事だった。

慌しくこれらの仕事をこなすボーイのかたわらで、指名もヘルプもなく暇を持て余すホストがいる。このことに疑問を持つ者はいなかった――これが当たり前と思っていたからだ。しかし、ホストを始めた時から独立を志し、そのイメージを想像していた武には、このことが不自然でたまらなかった。

そして給料の最低保証を掲げると同時に、【歩合制のアップ】も掲げた。当時のホストクラブでは、1万円の売り上げに対して1000円程度のバックであったが、武はそれを4000円という4割バックにまで跳ね上げたのだ。もちろん、そのためには、ボーイの削減だけでなく、経営する側――つまり武自身や内勤者らの給与体制についても見直す必要があった。

それでも武は目先の大金を手に入れるのではなく、長く続けていくことのほうが結果的に大金を手に入れることができると考え、この制度を掲げた。

――こうしてホストの条件面を改善させた武の元には有望なホストが大挙してやって来た。

しかし、このシステムに異を唱える者がいた。生活を保証されているボーイと、

「ホストがトイレ掃除などできるか」という一部のプライドの高いホストたちだ。

「ホストクラブという舞台の上で踊っている役者はホストであり、ボーイはそれをサポートする黒子。ならば、黒子よりも役者の待遇を良くするのは当然のこと。新人のホストに雑用をやらせることも、お客様に顔を覚えてもらうチャンスが増えることにつながると考えている。もちろん、それに異論がある者は、俺の元に来なければいいだけのことだ」

武の意見、スタンスは明確だった。しかし、その言葉通り武の元を訪れるボーイはいなかった。

武はボーイの仕事で他にふれるものはふるが、決して、その必要性を否定しているわけではなかった。付け回しやホストの指導など、ボーイでなくてはならないものもあった。数は少なくて良かったが、なくてはならない存在だった。

「参ったなぁ…」

大挙して押しかけるホストたちの半面、なかなか現れないボーイ希望者に武は頭を悩ませた。数が少ないだけに任せる人間にはそれだけの力量が必要だったのだ。これまでホストとして見てきた中で武が最もほしいボーイは永井だった。そこで武は、

『ナイト宮益』を辞めて以来、初めて永井の元を訪ねた。

「お久しぶりです、永井さん」

「とうとう独立するそうだな」

久しぶりでも永井は昔と変わらない様子で武を迎え入れてくれた。

「しかもボーイを削減してホストに保証を出すそうじゃないか。面白いことを考えたもんだな」

「ええ。自分でもいけると思ってます。ただ、その分、ボーイたちから総スカン喰らっちゃってますけどね」

「だろうな。俺の周りでもそんな話が出てるよ。だが、俺はオマエの考えに賛成だ。ホストクラブってくらいだからホストを最優先に考えるのは当然だ。だから俺もまぜてくれないか？」

「えっ…？」

「実は俺もちょうどオマエに会いに行こうと思ってたんだ。ボーイを減らすって言っても不要ってわけじゃないんだろ。…ってことは、その分、使える男が必要だろ⁉」

永井は〝ニッ〟と笑ってみせた。その瞬間、武は深々と頭を垂れていた。

「お願いします！」

武は頭を下げたまま思った。

（やっぱり永井さんはキレる。その辺のボーイたちは数を減らすという所だけを見ていろいろ言ってるけど、永井さんはその本質を理解している。その仕事の重要さと、それに求められる力量を…）

「こちらこそ、よろしくお願いします…愛田社長」

永井も深々と頭を下げながら、それまでの夜の世界の先輩としての立場ではなく、従業員としての立場で武に言った。

武にとって永井の存在は大きかった。単に仕事ができるというだけでなく、武をホスト初日から知る唯一の人物だからだ。武より年下だったが、兄のような存在であり全幅の信頼を寄せる永井の参加により、武は店の成功にさらなる自信を持つことができた。

そして、その時、武の感じたその想いは間違っていなかった。独立から35年が経った今も永井は『愛本店』で常務として、そして武の右腕として、その屋台骨を支えている——。

意外な協力者

店、資金、ホスト、ボーイと、着々と準備を進める武が最後に見つけなければならなかったのが、経営を支える「内勤者」だった。

現場のホストを支えるのがボーイなら、金の管理など経営を支えるのが内勤者だった。しかし武にはこれまでのホスト人生を通しても、それを任せるに足る人物はいなかった。しかし帳簿の類などは朱美が見てくれることにはなっていたが、実際に店に出ての売り上げ管理から、時にはヤクザや警察などと渡り合う内勤の仕事は、ホストをやりながら自分でやるしかないかと武は考えていた。

もちろん、それは片手間にできることではないので、武にかかる負担は倍となるが、それも致し方ないと武は腹を括った。

しかしそんな時、武の元を意外な人物が訪ねて来た。

「ね、姉さん…。それに、義兄さんも…」

――榎本の実家《じっか》の姉とその夫だった。

「武《たけ》、今度、自分のお店を出すそうね。お父ちゃんもお母ちゃんも喜んでたよ」

武は新潟にはなかなか帰ることができなかったが、近況を手紙につづり、実親と養親に報告していた。

「そっか…ふたりとも元気にしてる？」

「うん」

「良かった。それで今日はどうしたのさ？」

「実は僕を武くんの店に入れてほしいんだ」

義兄の言葉に武は驚いた。

「義兄さんを…？　だって義兄さん、自衛隊なんじゃ…。それがホストをやりたいんですか？」

「いや、ホストじゃなくて僕を内勤で雇ってほしいんだ。数字には強いし…それにほら、自衛隊に入る前は警視庁にいただろ。だから、そういった所とは今もつながりがあるから、きっと力になれると思うんだ」

「でも、せっかく公務員になったのに、それがわざわざ水商売なんて…。本当にいいの？」

「家族だろ？　水臭いこと言うなよ。こっちからお願いしているんだからさ。それともダメかな?」

「ダメなわけないじゃないか！」

武は義兄の手を握りしめていた。

この義兄の力は思いのほか強く、その後の渉外交渉を一手に引き受けてくれた。こうして思いも寄らない家族の協力を得て、1号店となる『クラブ愛』は無事、オープンの日を迎えることとなる。

――1971年の終わり、愛田武31歳の時のことである。

二丁目の恩恵

「うわぁ、北海道のママ、本当に来てくれたんだぁ。嬉しいなぁ」

「あらら、国立の女将じゃないか。ありがとね、来てくれて」

開店した『クラブ愛』は盛況を極めた。日本各地から訪れる武の独立を祝う客たちでにぎわった。そして、それを意外な形で助けてくれたのは新宿二丁目という土地だった。

この1970年代初頭、ホストクラブなどの営業は1948年に制定された「風俗営業取締法」により午前0時までとされ、深夜営業は禁止されていた。深夜営業は警察による摘発対象とされていたのだ。

ところが、この新宿二丁目という場所は、戦後の「赤線」、その後の「ゲイタウン」という歴史柄か、半ば治外法権的な部分があり不思議と深夜営業が暗黙の了解となっていた。

ましてやミノルは二丁目の顔役と言っても過言ではない存在だった。そのミノルの肝いりで、この二丁目に開店した『クラブ愛』はこの街に守られていた。

このおかげで盛況を極めた『クラブ愛』は、その客たちを朝6時まで受け入れることができた。もちろん、深夜営業は違反ではあったが、武はこの自分の手で切り開いた城を守るためなら、文字通り命を賭けるだけの覚悟で臨んでいた。「ホストと言えば真夜中」というイメージが定着しているが、この深夜営業も武の手により始められたものだ。

こうして連日連夜、オープンからラストまで客足の途切れない状態が続いた。それこそ笑いの止まらない毎日が続いた。

――しかし、その成功の陰で次なるトラブルが武に忍び寄っていた。

トラブル

連日連夜のにぎわいは開店2週目に突入してもとどまる所を知らなかった。

――だが、それは突然、訪れた。

18時の口開けのために出勤した武の眼に映ったのは、いつもの半分しかいないホストたちだった。本来であれば15人いるはずが、8人しかいなかったのだ。

変だな…と思いつつ、武はホストの管理をしているボーイの永井に確認した。

「やけに数が少ないけど、他の連中はまだ出勤してないのか？」

「ええ…来ていない者の家に電話をかけたんですが、でないんですよ…。恐らく、もう向かってるんだとは思いますが…」

「そうか…」

そう返事はしたものの、武の心には一抹の不安があった。

（こんなに同時に遅れるものか…？　皆、来る方面はバラバラだから、電車のせいということもないだろうに…）

そうこうしているうちに口開けの時間となり、通常の半分しかいないホストのまま営業を開始することとなった。不幸にもというのか、幸運にもというのか、その日も店は満員御礼だった。そうなって来ると、ホストの数が圧倒的に足りなかった。

「…帰らせてもらうわ」

「ちょっと、そっちの女にばっかり着いて、私をいつまで放ったらかすつもり？」

客の間から不満や怒りの声があがった。いつも以上に、せわしなく客席を渡り歩く武だったが、ひとつの体ではとてもじゃないが7人分をカバーすることはできなかった。

結局、その日は閉店の6時を待たずして客が退《ひ》けてしまい、深夜3時に店を閉めることとなった。

――そして真相は翌日に判明した。

まだ陽の光が頭上から垂直に差す正午、武の元に永井が訪れた。

「社長、昨日来なかった連中の理由が分かりました。引き抜きです」

「引き抜き？」

「はい…歌舞伎町の店が『愛《ウチ》』よりも高い金を払うからと…それで…」

『クラブ愛』の繁盛ぶりは歌舞伎町はおろか、その他の地域のホストクラブにも伝わっていた。出る杭は打たれる世の中で、早速、他店からの妨害が始まったのだ。

「私の監督不行き届きです…すいません」

永井はホストを管理する立場として、その申し訳なさから、額を床にすりつけながら土下座して詫びた。しかし、理由が分かった武は「なーんだ」と言わんばかりに軽く返事をした。

「そっか、引き抜きか。じゃあ、しょうがないな」

「えっ…。でも、このままじゃウチが…」

「まぁ、確かにホストが減っちゃうのは問題だけど、引き抜きはホスト業界では日常茶飯事だろ。現に俺も永井さんに引き抜かれて、『ナイト宮益』に移ったことがあるわけだし…。だから、それはウチより他のほうが良いと思わせてしまった俺の責任だ。引き抜きに負ける程度だった『クラブ愛』の責任。だから、永井さんは気にしないでください」

「引き抜かれたのは自分のせい」と、責任をすべてその身に引き受ける武に永井は器《うつわ》の大きさを見た。

しかし、責任を引き受けたものの、それでは何の解決にもなりはしなかった。これ以上、ホストを引き抜かれでもしたら、それこそ開店早々、死活問題だった。

悩む武だったが、その打開策は自らの経験の中にあった。武は自らの店の目標である『ナイト東京』では引き抜きに対して、どう対応していただろうと思いをめぐらせた。

(『ナイト東京』には170人もホストがいる。そのホストが一気に引き抜かれでもしたら、数が多いだけに補塡《ほてん》のしようもないよな…)

しかし、そう思った所で気がついた。

(そうか！　170人もいるから引き抜きようがないのか！　それだけ大きければ、いくつもの派閥がある。ほとんどの場合、派閥単位で引き抜かれるから、10の派閥があれば、ひとつやふたつが抜けても揺らぐことなく、すぐに補塡できるのか！)

ここにヒントを得た武は自らの店もホストの数を増やすことにした。幸い、連日の大盛況のおかげもあり、資金は潤沢だった。そして、それに合わせて、ちょうど隣の店舗が空いたのでそこも買い取り、ふたつをつなげ合わせた50坪強の広い店にした。

まだ生バンドを置ける広さではなかったので代わりにピアノを置いた。

こうして50人近い人数にまで増えた『クラブ愛』は、引き抜きに対して強く、逆に必要に応じて引き抜くだけの資金力も兼ね備えた強固な店となった。

引き抜きという最初のトラブルを経験したおかげで、『クラブ愛』は大箱、大所帯という盤石の体制を手に入れることができたのだ。

これにより安定した経営が可能になったと判断した武は、2号店の出店――念願の歌舞伎町進出を図った。独立からわずか1年後のことである。

地獄

歌舞伎町への進出を決めた武は、再び、今できる限りの店を創るべく邁進した――。

まず、場所は歌舞伎町のシンボル「コマ劇場」のすぐ裏手、広さは当時の歌舞伎町でも最大クラスの90坪、そしてホストは100人を用意した。

しかし、それだけではまだ弱いと考えた武は内装も凝りに凝った。900万円のシャンデリア、400万円のブラケットなど、その内装費に1億円以上を投下したのだ。

――ホストクラブは女性に夢を与える場所。ならば、それに見合うだけの夢のような場所を提供しなくては来てくださるお客様にも、働いてくれるホストたちにも失礼だ。夢のような場所だからこそ、お客様も高いお金を払ってくださるのだ。そういう武の想いの表れだった。

しかし、この武の想いが崩れ去る悲劇が訪れる。2号店『ニュー愛』オープンの前日のことだった。

その日、内装も完成した店内にはゴールドのビーナス像などが置かれ、豪華絢爛《ごうかけんらん》、贅《ぜい》の限りを尽くした、これまでに誰も見たことのない空間が広がっていた。武もスタッフたちもその完成度に手応えを感じ、明日のオープンに期待を膨らませていた。

これまで開店に向けて全力で走って来た武は過労も相まって体調を崩していたので、後の準備をスタッフたちに任せ、家で休むことにした。

――〝ジリリン〟

夜も白み始めた頃、武の自宅で黒塗りの電話がけたたましく鳴った。

「はい…愛田です…」

寝ぼけ眼《まなこ》で電話口に出た武だったが、電話口の相手は対照的に逼迫《ひっぱく》した口調で叫んだ。

「オイ、愛田！ オマエさんとこ、火事だ！ 燃えてる！」

電話をかけて来たのは近隣の店のオーナーだった。その慌てふためいた声が事態の深刻さを物語っていた。

（火事…火事…）

まだ寝ぼけた頭のせいか、はたまたカゼのせいなのか…武は「火事」という言葉に現実味が感じられなかった。現実味は感じられなかったが、思考とは別の所から湧いて来る「急いで店に向かわなくちゃ」という気持ちにせかされて、武は着の身着のまま歌舞伎町へと飛んでいた。

「どうか間違いであってくれ…」

そう祈りながら武がコマ劇場の裏手に着いた時、そこは数台の消防車と野次馬たちでごった返していた。

「どいてくれ！」

そう言って人混みをかき分け、その最前列にたどりついた時、地下にある『ニュー愛』へと続く階段口からは鼠色の煙が、陽の昇り始めた朝焼けの空に向かって朦々《もうもう》と伸びていた…。

「嘘だろ…」

武は愕然《がくぜん》とその場所にひざまずいた。

「…！」

しかしその瞬間、あることに気付くと辺りを見回しながら立ち上がり、消防隊に詰め寄った。

「皆は…スタッフたちはどこだ？　無事なんだろうな？」

「な、中にいた人たちなら…あちらに」

理不尽な物言いを受けた消防隊員だったが、武のその鬼気迫る迫力に圧倒されながら答えた。そして、その指差されたほうには、武が店を後にする時に残っていた内勤者5人の姿があった。

「良かった…」

武は胸をなで下ろした。しかし、何か違和感が残った。確かに『ニュー愛』のために雇った内勤者は5名だったが、昨日はもうひとり、ホストで採用した者も店で準備を手伝っていたのだ。そのことに思いがおよんだ時、消防隊員がにわかにざわめきたった。

「もうひとり、中にいたぞ！　担架もってこい！」

その声にいてても立ってもいられなくなり、武は煙の立ち上る店の中へと駆け出そうとしたが、すぐに消防隊員数名に取り押さえられた。

「カズヤーッ！」

武は中にいるであろうホストの名前を叫んだ。…っと、それに応えるかのように、煙の中から担架に乗せられたカズヤが姿を現した。

「カズヤ！」

担架に駆け寄ると、意識こそないものの酸素マスクをあてがわれたその口元は息をしていた。一酸化炭素を吸った影響か、カズヤはピクピクと痙攣《けいれん》したような状態だった。とりあえず、カズヤの無事に武は改めて胸をなで下ろした。

しかし、オープンを当日に控えた『ニュー愛』はすべてを失った。1億円以上をかけた内装はすべて燃え尽きてしまったのだ。

「そんな…」

消火活動が終わり、水浸しになった店内に足を踏み入れた武は呆然とつぶやいた。

そこには、数時間前まであった、別世界のようなきらびやかさも豪華さも既に見る影はなかった。壁は煤《すす》で汚れ、ビーナス像は焼けただれていた。

だが、打ちひしがれる武に追い打ちをかけるように、血相を変えた内勤者が武の元に駆けつけて来た。

「社長…。カズヤが…カズヤが今、亡くなりました…」

「なっ…」言葉にならなかった。

カズヤは四国から上京し、大学生をするかたわら、その生活費を稼ぐためにホストクラブの門を叩いた苦学生だった。カズヤの持つ素直さと真面目さに武は好感を持っていた。

「俺が『ニュー愛』を出しさえしなければカズヤは死ななかったのかもしれない…。せめて、今の俺にできることをしよう。カズヤの葬式は俺がする」

そして武は息子の凶報を聞き悲しみの中、四国から上京したカズヤの両親に頼み、店を2日休みにすると、カズヤの葬式を全スタッフで執り行なった。新潟からも両親に来てもらい、その手伝いをしてもらった。カズヤへの感謝の気持ちと申し訳のなさから、できる限りのことをした。

武は絶望のどん底にいた。店を続けることへの覇気はすっかり失われていた。それだけひとりの命は大きかった。ましてや、この時、武は保険金目当ての自作自演の火事ではないかと警察に疑われていた。しかし、その疑いは悲しい理由で晴れた。1億の大金をつぎ込んだ『ニュー愛』は保険に入っていなかったのだ。失った物は戻らず、買った物の支払いだけが残った。

このすっかり疲れきってしまった武の魂に再び火を灯《とも》したのはカズヤの両親だった。葬儀の後、カズヤの両親は武の元を訪ね、こう言った。

「息子のために、こんな立派な式をあげてくださってありがとうございました。短い間でしたが息子もきっと、良い社長、そして良いお仲間と巡り会えたと喜んでいるはずです。ですから大変でしょうが、どうか頑張ってください」

この言葉に武は甦《よみがえ》った。カズヤのためにも、自分は『ニュー愛』をオープンさせようと改めて決意した。

「1年間だけ待ってくれ…。1年後には必ず全部まとめて払う。だから頼む！」

武は店の内装を担当した馴染みの業者に頼んだ。燃えてしまった分の内装費も、新たに手掛ける分の内装費も、まとめて1年後に払うという無茶な頼みごとだった。しかし幸いにも、この時、二丁目の『クラブ愛』が好調だったこともあり、業者はこれを了解してくれた。

こうして1週間後には内装は元通りになり、晴れて『ニュー愛』は船出の日を迎えることができた。

オープン当日、それまで武は開店準備のため、客に営業する余裕もなかったが、開店と同時に武の馴染みの客たちが押し寄せた。

「よく、頑張ったね！」

「おめでとう！」

そう言って、客たちは来てくれた。この時ほど、武は客との一体感を——単なるホストと客という枠を超えて、人と人というつながりで結びついているということを感じたことはなかった。胸に熱いものがこみ上げた。

そして客に連絡する余裕のない武に代わり、客たちに連絡して事情を説明してくれていたスタッフたちにも感謝した。

「俺…店、続けて良かった…」

しみじみとそう感じる1日だった。

マスコミ

火事の原因は、当時、池袋などでも相次いでいた連続放火犯の犯行ではないかということで一段落した。

そして無事に新たな船出にこぎつけた『ニュー愛』だったが、世の中には人の不幸を喜ぶ者もいた。そのひとつがマスコミだった。

1972年当時、ホストのイメージはまだまだ日陰のものだった。そこに死者を出した火事である。放っておくはずがなかった。

『お化けが出る？　――歌舞伎町で死傷者を出したホストクラブ『ニュー愛』では、お化けが出るとの目撃者が続出！』

事態の深刻さ、悲しんだ者のことなどは無視して、マスコミは火事のことを面白おかしくはやし立てた。スポーツ新聞、女性週刊誌、様々なメディアが取り上げた。

「ふざけるな！」

その記事の書かれたスポーツ新聞を握りしめながら武は叫んだ。出鼻をくじかれた思いというのもそうだったが、それ以上にカズヤが侮辱されたようで我慢がならなかった。

「営業妨害だ！」と出版社に殴り込もうかとも考えるほどだったが、それこそマスコミに何を書かれるか分かったもんじゃないと、ジッと耐えた。人の噂も75日、とにかく、この状況をやり過ごすしかないと…。

しかし、マスコミに取沙汰されるようになり10日が過ぎた頃、異変が起きた。『ニュー愛』に訪れる客足が急に増えたのだ。それこそ、店に入りきれず列ができるほどだった。

「これはどういうことだ？」

お化け騒ぎで気味悪がられたはずのホストクラブに大挙してくる客たち…不思議に思うのも当然だ。しかし、個人の考えと世論が一致するとは限らなかった。客たちは、お化け騒ぎで知った『ニュー愛』に興味半分で訪れたのだ。お化けという存在が、メディアに載って流れることで、『ニュー愛』に限定してホストクラブの持つ敷居を下げてくれたのだ。

そして一度、客が店に来ればこっちのもので、『ニュー愛』のホストたちはそのプロの楽しませる技から、物見遊山で訪れた客たちを固定客化していった。

こうして火事によるゴシップ記事は、結果的に『ニュー愛』の名を全国に知らしめることとなった。間接的にではあるが、新聞全面、テレビのコーナー数分など、そのゴシップによって得た露出は、火事によって負った借金と同額以上の宣伝効果となった。逆境が見事、チャンスとなったのだ。

この時以来、マスコミの影響力を知った武は、マスコミに対して、どんな形であれ積極的に協力するようになった。このことが後に、ホスト王としての武の名を世に広めるキッカケとなる。

地回り

水商売をする者にとって避けては通れないのが地回りだ。新宿二丁目に始まり、歌舞伎町へと進出した武だが、どちらの土地にも当然、ミカジメを要求する存在はあった。

「一度、甘い顔をしたら骨の髄《ずい》までしゃぶられる…」

ネオン街に生きてきてそう感じていた武は新宿二丁目に自分の店を開いた時、その城を守るため、ミカジメ料の要求に対してかたくなに拒否することで、何とかそれを回避することができた。

しかし後になって知ったのだが、その時にすんなりと済んだのは、二丁目の顔役であるミノルが後ろで口を利いておいてくれたからだった。

――武の本当の意味での戦いは歌舞伎町へと舞台を移してから始まる。

火事という災難を乗り越えた『ニュー愛』のオープン当日、道行く人たちにその存在を伝えるために店頭に出された祝い花たちは、招かざる者にもその開店を伝えることになった。

開店早々、客の優しさと仲間たちの計らいのおかげで満員御礼となった店内では、賑やかな活気に包まれ、その主役である武はせわしなく客席の間を飛び回っていた。

「えらい忙しそうやな…」

その男は入り口から階段を降りてくると店内を見渡し、内勤者が控えている受付カウンターに向かって言った。

「…!」

カウンターの中にいた義兄は来店者への挨拶をするより早く、その男を一目見て招かざる客だということを悟った。

そこにはダブルのスーツにワニ革の靴を履き、茶色味がかったサングラスをかけた〝いかにも〟といった格好の男が立っていたからだ。だが、その格好以上に、その男の放つ独特の雰囲気と、サングラス越しに覗く眼光は明らかに一般人のソレとは異なるものがあり、その男が地回りの人間であることを雄弁に語っていた。

「ここの責任者はどいつや？」

その眼は物色するように店内に向けられていた。義兄はその男の雰囲気に臆することなく、自衛隊仕込みの冷静さで言葉を返した。

「話でしたら私が承ります。どんなご用件ですか？」

「ほう…。ワシはこの辺を任されとるモンやけどな。実は困っとるんや」

「困るとは？」

「ワレん所みたいに挨拶もなしに勝手に店を始められると困る、言うとるんじゃ！」

それまでのどこか粘着質な声から、一転、地響きのような凄みのある怒号が店内に響き渡った。

「…」

店内は波を打ったように静まり返り、客たちは一斉に声のしたほうを見た。

「！」

客の対応に集中していた武は、そこで初めてカウンターに来ている者の存在に気付いた。

「ビックリしたぁ…。急にあんな大声出されたら心臓止まっちゃうよねぇ」

いつもの顔の全筋肉を使った笑顔でおどけたように言うと、客席にはまた笑い声が戻った。そうやって一通り客席を周り、雰囲気を元に戻すと、そのままの笑顔でカウンターに向かった。

「いやいやいや、失礼しました。いらしてるのに気付きませんでしたよ。ここじゃなんですから、ちょっと外行きましょう」

武は笑顔を絶やさぬまま男の背中に手を回し、エスコートするように外へと連れ立った。そして話を長引かせるつもりのなかった武は喫茶店などには入らず、店の入り口から少し離れた所で男と対峙した。

「アンタがオーナーさんかい？」

「ええ。今日から、ここで営業させてもらいますので、よろしくお願いします」

ご近所さんに引っ越しの挨拶でもするかのように武は飄々《ひょうひょう》と言った。

「エエ心掛けや。だったら、ワシの言いたいことも分かるよな？　納めるモンも納めてもらわねぇとな」

その言葉には断り難い脅迫にも似た凄みがあった。しかし、武は圧倒された様子を見せることなく笑顔を絶やさずに答えた。

「それはお断りします！」

「何やと！　ワレェ…ナメとんのか!?」

男は眉間にシワを寄せ、額には血管が浮き出るほど怒りをあらわにした。武も、それまでの笑顔から一転、真顔で返した。

「私は到って真剣です。店とそこで働く従業員は私のすべてです。そんな従業員が稼いでくれたお金には、あなた方に払う分などビタ一文ない」

「おもろいこと言うてくれるやないか…」

その瞬間、武のコメカミに鈍い衝撃が走った。男の拳が武の頭部を捕えたのだ。

「『払いません』で済ませたら、ワシらが笑われるわ！　この界隈で商売《バイ》でけへんようになる！　筋は通してもらわんとなぁ！」

怒鳴りながら男は武の顔を殴り続けた。しかし、武は一歩も引かなかった。

「私もねぇ…この店を守るためなら命賭けてるんですよ！」

相手はヤクザ。怒りに任せて手を出すわけにもいかない。殴られることで店が守れるなら安いものだと、武はひたすら耐えた。

「チッ…また来るで…」

それから少しして、男はそう言うと去っていった。この根競《こんくら》べは武が勝利したのだ…顔にできた内出血と引きかえに。

それからも男は度々、店に訪れたが、武はその度に自らを盾とすることで店を守った。〝殴られることで店を守る〟——そんな均衡ができつつあると思った矢先、それは錯覚なのだと痛感させられる事件が起こった。

その日、営業も終わり店には武と永井のふたりしかいなかった。

「それじゃ、そろそろ帰るか…」武がそういった時だった。

〝ダダダダッ〟特攻服姿の男が3人、階段を駆け下りて来ると突如暴れ出し、調度品やシャンデリアなどを叩き壊し始めた。

「や、やめろ！」

武は警察に通報しようとカウンターにある電話機に向かった。しかし、武がたどりつくより先に近くにいた男は電話線ごと引き抜くと、〝ズガッ〟とその黒塗りの電話機で武の後頭部を強く打ち据えた。

「――ッ」

武の目は混濁《こんだく》する意識の中、階段の上で見張っている男の顔を捉えた。――そこには、いつも武を殴りに来ている男がいた。そこで武の意識と体を繋ぐ回線は途絶えた。

〝ドサッ〟武はその場に倒れると、特攻服姿の男たちは気絶した武の手と足をそれぞれ持ち抱えると、連れ去ろうとした。

その時だった――。〝ファンファンファンファン〟パトカーのサイレンの音が近づいてきた。

「…！」

開け放たれた入り口のおかげで、そのサイレンに気付いた男たちは、武をその場に置き去りにし、退散していった。

「社長！　大丈夫ですか！　社長ぉ！」

それと同時に裏口のほうから永井が駆け寄ってきた。永井は隠れていたのではなく、裏口から助けを求めに行っていたのだ。そして、この機転は正解だった。店に乗り込んできたのは3人だったが、他にも階段に3人、入り口に3人と、合計9人もの賊が待ち構えていたのだ。

この永井の機転により武は一命を取りとめた。もし、あのまま連れ去られていたなら今頃、武はどこかの山の中か海の底にいたかもしれない。なりふり構わず迫ってきた相手に武はある決意をする。

それは『ニュー愛』の開店からもうじき1年が経ち、借金も返済し、軌道にも乗った今、次なる店を歌舞伎町に開くためにも必要なこと——彼らとの決別だった。

もちろん、生半可なことで決別などできるわけなどない。相手の事務所に単身向かった武は相手の長と対峙した。

「これはこれは、社長さん自らお出でくださるとは…。吉報を期待しても良いのですかな?」

白々しく演技するように言う相手に、いつもの笑顔ではなく真顔で言った。

「いえ。今日はお伝えしたいことがあって、お伺いしました」

「伝えたいこと…?」

「実は今度、今の店の近くにもう1軒店を出そうと思ってるんです。ただ、そっちでも今のようだと困るんでね…」

「なら、きちっと納めてくれさえすればいいんですよ」

「前に、そちらの方に言いましたが、従業員たちが稼いでくれたお金には、あなた方にお支払いする分はありません！」

武の言葉に男は声のトーンを低くし、プレッシャーを放ちながら言った。

「なるほど…そのことを伝えに来たと…」

「それも違います。私がお伝えしたいのは私の覚悟です。私は店を…そして従業員を守るためなら命を懸ける覚悟がある。その覚悟をご覧頂きたい！」

そう言うと武は上着を脱ぎ、正座するように両膝を突くと、懐に忍ばせていた小刀《ドス》をその前に置いた。そして鞘から刃を抜き逆手に持つと叫んだ。

「これが俺の覚悟だっ！」

〝ググッ〟その刃は武の腹部に5センチ近く突き刺さった。

「ぐっ…ぐくっ…う…」

武の額には油汗が流れるように浮かび、その尋常ではない激痛を物語っていた。また、腹部は焼けるように熱く、目の前がチカチカ色彩が反転している。

「…」

その場にいた誰しもが、その武の覚悟に言葉を失った…。

それでも武は最後の力を振り絞り、その刃を10センチ程、横に引いた。

「イ——ッ!」声も出なかった。

そして、刃を抜くと真っ青な顔で相手の眼を睨むように見据えて言った。

「そちら…の…方法で…ケジメ…つけました…。これ…で…引いて…もらえますね…」

その武の鬼気迫る覚悟は相手を折れさせた。

「…わかった」

その言葉を聞くと同時に武の意識は途切れた。

「…コイツを医者の所に連れてっとけ」

そう指示すると男はつぶやいた。

「こんな奴相手にしていたら割に合わん…」

転換期

命賭けの交渉の後、その傷が回復した武は新宿二丁目にあった『クラブ愛』を歌舞伎町に移した。それは『ニュー愛』を開店し、二丁目と同じく特殊な街柄、歌舞伎町も深夜営業ができると踏んだからもあったが、それ以上に、本店たる『クラブ愛』を歌舞伎町に移すことで憧れの街に本当の意味で根を下ろしたいという想いがあった。

そして、この移された店こそ、現在も続く『愛本店』である。

『愛本店』は『ニュー愛』よりもさらに広い１３０坪の広大な面積に、１億５０００万円近くかけて豪華な内装を施した。

――そして、これも順調な船出となった。

当時の歌舞伎町には20店舗程のホストクラブがあったが、ひとりのオーナーが2、3店舗を抱えており、実質的には6グループだった。もちろん、その中には武にとって恩ある『ロイヤル』も含まれていたが、それらのオーナーのほとんどが顔馴染みの元ホストだった。

そして、そのほとんどが武の考えた【給料の最低保証】を採用していた。とはいっても、その中で武にそれを断って採用している者はいなかった。武の周りのスタッフは、それに憤《いきどお》っていたが、当の武本人は、別に特許があるわけでもないし、ホストのチャンスが増えることは業界の活性化につながると素直に喜んでいた。もし、ここで武まで目くじらを立てていたら、ホスト業界が今日のように発展することはなかっただろう。

それを表すように、かたくななまでに昔のシステムを貫いた『ロイヤル』や『ナイト東京』は次第に衰退の道を歩み始めた。これがホスト業界の創成期からの転換期だった。

時代は女性の社会進出が目覚ましくなり、そのニーズも多様化していた。これまでの生活に余裕のある主婦層だけを相手にしたホストクラブでは、次のステージに上がることはできなかった。

そのことに最初に気付いたのも武だった。武はキャバレーやクラブなど——ネオン街で働く女性たちを取り込み始めたのだ。

そのヒントはベッドの訪問販売をしている時だった。高度経済成長で世界第2位の経済大国となった日本では、社用族が経費を使ってネオン街へと繰り出していた。その結果、ひとり家でお金と時間を持て余す主婦が生まれ、訪問販売をしていた武は偶然、そこに目をつけた。しかし逆を言えば、暇を持て余す主婦の数だけ、夫はネオン街でお金を落としている…キャバレーやクラブにお金を落としているのだ。

そして、その着眼点は正しかった。当時のネオン街には1兆円とも言われる交際費が流れていたのだ。

『愛本店』の歌舞伎町進出の裏にはネオン街で働く女性たち――ネオン蝶を取り込もうという意図もあった。御法度というリスクを負ってまで深夜営業をしたのも、彼女たちが店を終えてから遊べる場所を提供したいという想いもあったからだ。それは、銀座でバーテンダーをしている時、ネオン蝶の寂しさの一端を見た武だからこその想いでもあった。

とにもかくにもネオン蝶たちを取り込むことで、『愛本店』そして『ニュー愛』はさらなる繁栄を極めることになるが、その中で武は常に時代に合わせたアイデアを自分の店に投下するだけでなく、ホスト業界に提案していった。

1971年に日本人の手により誕生したカラオケがブームの兆しを見せると、武は積極的に自らの店に導入した。そして、このカラオケは新しいものを好む若い客層に特に受け入れられ、見事、ネオン蝶の取り込みの一翼を担った。もちろん、それまでの生バンドも活かしつつ、カラオケを導入することでホストクラブならではのゴージャスさを残しつつ、それまで2組雇っていたバンドを1組に減らし、コストを削減することもできた。

武は自身の店でカラオケを導入する時、この考えを他のホストクラブのオーナーたちにも提案したが、「ホストクラブの質を下げる」と一様に相手にされなかった。ところが、『愛』の成功を目の当たりにしたオーナーたちは、こぞってカラオケを導入した。中には頑として生バンドにこだわる店もあったが、スタンダード化してしまった生バンドでは客寄せにはならず、むしろカラオケにその客を奪われた上、バンドの費用が負担となり、数年後、歌舞伎町にその店の姿はなかった。

またもう少し先のこととなるが、1984（昭和59）年に新風営法の施行による締め付けでネオン街の景気が悪くなると、武は2時間5000円、ラストまで1万円というお試し料金制度を考案した。現在、どこのホストクラブでもある【初回料金】だ。

これが見事に「興味はあるけど何か高そう」と尻込みしていた新規客層の足をネオン街に向かせることに成功した。

　また、ホストの待遇面を重視した武はマンションを会社で借り上げ、それをホストたちに安価で住まわせる【社員寮制度】や、客の支払いをホストの許容で売り掛《ツケ》に差配できる【バンス制度】など、現在のホストクラブにとどまらず、ネオン街でスタンダードとなっているシステムの多くを武は時代と共に考えていった。

　35年という時間をかけて、ホスト業界で当然となっているシステムのほとんどをひとりで創り出した――これも武がホスト王と呼ばれるゆえんである。

集大成

　１９７０年代の終わりには、それまで栄華を極めた『ロイヤル』や『ナイト宮益』といった老舗のホストクラブの姿は既になく、『ナイト東京』ですら風前の灯火となっていた。それらの店は、それまでのスタイルをかたくなに守り通したがゆえ、時代の流れに対応しきれなかったのだ。

　その一方で、『愛本店』と『ニュー愛』は武の斬新なアイデアと、その下で努力を重ねる仲間たちに支えられ、揺るぎない不動の人気を獲得していた。

そして1980（昭和55）年になり、40歳の節目に武は集大成となるホストクラブを開こうと、その開店に向けて着手した。

場所は大都市・新宿の中でもにぎやかな、現在のスタジオアルタ界隈。その店の広さは日本一の広さを持つ『ナイト東京』の1・5倍もある240坪。そして、その店の内装は朱美の父・岡田哲郎が手掛けた。

武が朱美と付き合い始めて約10年、朱美は既に家を出て武と暮らしてはいたものの、離婚に対して夫は首を縦に振らないため、まだ戸籍上は人妻の身だった。しかし、この武のホストとしての人生と、それを共に歩んだ朱美の10年の集大成とも言うべきこの店はどうしても、朱美の父に手掛けてほしかった。それは、これまで水商売だからと決して認めてもらうことのできなかったふたりを、改めて認めてもらうということだった。

久方ぶりに対面した父の心を動かしたのは、娘の心からの一言だった。

「将来、一緒になる人なんです。だから、お願いします」

少女の恋愛熱ならいざ知らず、40代も半ばとなった娘のこの想いを父は受け止めたのだ。

そして、この常識外れのホストクラブを開店させるに当たって、どうしても必要な存在があった。それは、広大な店とそこに働く100人以上のホストたちを取り仕切れるボーイであった。

そこで武は、ある人物の元を訪ねた。ホストクラブの生みの親であり、『ナイト東京』を実質的に取り仕切っている星井部長である。ちなみに武たちは星井のことを「部長」と呼んでいたが、正しくは副社長である。

久しぶりに星井と会った武は、永井の時と同様に単刀直入に自分の想いを口にした。

「今度、新宿に日本一のホストクラブを作ることになりました。240坪という広さです。お願いします、ウチの店に来てください！ この店を任せられるのは、星井部長しかいません！」

「世代交代なのかもしれんな…」

そうつぶやくと星井は武の想いに応じてくれた。それからしばらくして、『ナイト東京』は15年におよぶその歴史に幕を下ろした。

こうして質、量共に日本一のホストクラブ『ゴールデン愛』はオープンした。そしてこの瞬間、武は名実共にホスト界の頂点に立った。

成功の光と影

満を持してオープンした『ゴールデン愛』は空前絶後の繁栄を極めた。その100以上の客席は連日、満員御礼。しかも、それでは収まりきれない客が店の外まで長蛇の列を作っていた。

もはやホスト業界で武を抜ける者など存在しなかった。抜こうとする者さえ、現れなかった。それほど圧倒的な存在となった。武自身、この時は「天下を取った」――そう実感している程であった。

しかし、盛者必衰は世の習いだった。武の前に権力が立ちふさがったのだ。『ゴールデン愛』は他の『愛』2店舗と同様、明け方まで営業していた。しかし場所は歌舞伎町でもなければ二丁目でもなく、「暗黙」で営業するには目立ち過ぎていた。当然、摘発の対象となったのだ。

――ピィィィィッ！

突如、鳴り響く笛の音は甘美なひと時を過ごす客たちを強引に現実に引き戻した。

「違法営業だぞ！　全員、外へ出ろ！」

そして、夜中1時、2時に強制的に店の外へと締め出された客たちは、このまま牢屋に入れられてしまうのではないかという不安な気持ちを植え付けられてしまった。一度や二度であれば挽回は容易だった。しかし、それが2、3日おきに起きてしまっては挽回のしようもなかった。次第に客足は遠のいていき、苦渋の決断の末、『ゴールデン愛』は深夜営業を止め、午前0時までの営業とした。

営業時間がそれまでの半分となれば、当然、売上げも半分となった。その巨大な店を運営していくには、その半減した売上げでは足りなかった。さしものアイデアマンの武も、この状況を打破するアイデアが浮かばず、繁栄を極めた『ゴールデン愛』は、開店から2年で閉店の憂き目を見た。

この『ゴールデン愛』の閉店は我が世の春を謳歌していた武を打ちのめした。『愛本店』、『ニュー愛』は変わらず堅調に繁盛していたが、すべてを賭けた集大成の失敗は武から店を続けていくための気力を奪い去ってしまった。そして失った気力の代わりに多額の借金を残していったのだ。

『ゴールデン愛』はその規模が大きいだけに、転んだ時の額も莫大だった。この購入した店舗はその後、若者向けのクラブに転身させたりもしたが、若者のマナーのなさから装飾品などの破損が続き、修理しては壊され、修理しては壊されのイタチごっこの末、閉店。それにともなって店舗も売却された。しかし、それでも借金は膨大に残った。既存2店舗の売り上げからでは、その返済は間に合わず、武と朱美は金策に走らねばならなかった。武は金融屋を周り、朱美は質屋に走った。しかし、それでも焼け石に水…わずかな延命にしかならなかった。

「店を畳んでもいいから、借金を終わりにして楽になりたい…」

そんなあきらめの言葉が口を出かけた時だった。武を救ってくれた人物がいた。『ゴールデン愛』を手掛けた朱美の父・岡田哲郎だ。岡田は自らが持つ渋谷・南平台のマンションを担保に入れ、9000万円という大金を工面してくれたのだ。

「これで何とかしなさい…」

その言葉に、朱美は父の本当の優しさを感じた。そして、この金のおかげで武は何とか残務整理をし、立て直すことができた。そしてこの岡田の想いに報いるため、40代半ばにして、武はどん底から再び立ち上がった。

「まだまだ、俺は終わりなんかじゃない！」

その眼には初めてホストを目指した時と同じ、気力に満ちた輝きが宿っていた——。

最終章

ホスト王

相席

『ゴールデン愛』の失敗から立ち直った武は、金策に東奔西走した分の時間を取り戻すかのように『愛本店』と『ニュー愛』に力を注いだ。

そこで取り組んだのが、休日・祭日の集客強化だった。ホストに限らず水商売の世界では、都心にある店は平日に強い分、休日・祭日に弱いといわれていた。サラリーマンたちが通勤しないということは必然的に、店のある都心には来ないということなのだから、客足が激減するのは当然だ。そして、それは主婦層を主要客にしている『愛』にとっても同じだった。夫が家にいる休日は主婦たちも家から離れることができないからだ。

しかし武は、あえて休日・祭日をホストの同伴日とし、休むと罰金という厳しいルールを敷くことで集客につなげた。

当然、裏ではホストたちの不満の声があがっていた。

「日曜、祭日くらい休みてぇよ。ましや正月までノルマだなんて…。厳し過ぎだよな」

「だよなぁ…。休みの日にわざわざ来たいと思う客が少ねぇから、どこの店だって休みにしてんだし…。それを店に呼ぶだけじゃなくて、同伴しろなんて無茶苦茶だぜ」

しかし、そんな声が出るであろうことを武は想定していた。

「皆、不満とか意見はあると思うけど、それは一時忘れて、とにかくお客様を同伴にお誘いしてみなさい。ただし待ち合わせ場所はお客様の希望する場所にすること」

仕事である以上、ホストたちは渋々と武の言う通りにした。しかし、このアイデアは見事に功を奏し、店は休日にも関わらず満席となった。ただし、武のこのアイデアの心意はただの集客目的のみではなかった。

「休日」という条件に「同伴」というハードルを設けることで、ホストたちに求められる努力は必然的に他の店のホストたちよりもひとつ高くなる。その努力によるホストの質の向上、レベルアップこそがその心意だった。同伴の成功――集客というのは、その努力の結果について来る産物であり、サービスの質が高まれば、それは必然であると武は考えたのだ。

しかし、そのためにホストは、それまでのように会話に合わせて席を盛り上げられれば良いというだけでなく、その女性の私生活まで把握し、自分のプライベートな時間まで客に捧げる必要に迫られた。24時間、臨戦態勢となる必要があったのだ。ナンバー1ホストだった頃の武のように…。そして、オーナーとなった今の武と同じように——。

「プライベートな時間にこそ、売り上げアップのチャンスがある」自身のナンバー1になった経験を通して武はそう思っていた。店で出会い、外で深め、店で還元する…。言わば、店の外は勉強で言う〝予習・復習〟と同じだった。テストで良い成績を取るためには学校の中だけでは足りないのである。

そして、武は休日にひとり寂しく過ごしている女性が多いのも知っていた。夫はゴルフなどで不在、店はどこもやっていない。そんな女性たちと休日返上で過ごすことで、武はホストとして客との絆を深めていったのだ。

だからこそ、闇雲に厳しいノルマを課したのではなく、努力すれば必ず得ることのできるチャンスがあると分かっていたのだ。そして、そのチャンスをモノにすることのできたホストたちが費やした時間は、〝報酬〟として還元された。

努力が形となる、結果が見える…。それはさらなるやる気を与え、ホストたちもその厳しいルールを喜んで受け入れた。

その結果、閑散とした休日の歌舞伎町の中で、『愛』だけは活気に満ちていた。店に列ができるのは当たり前で、それでも客が押し寄せ、しまいには相席の時すらあった。

しかし、客たちがそれを嫌がることはなかった。「会いたい」という想いのほうが強かったからだ。そう思わせたことこそ、努力の末、ホストとしてひとつ高いステージへと上った証だった。そして、同席した知らない客同士が打ち解け、2組の客が一緒に楽しむといった光景も珍しくはなくなっていった。

それにともない『愛』の評判はさらに高まり、他店とは一線を画す存在となった。『ゴールデン愛』の時は——もちろんサービスの質も高かったが——周囲からは、その規模の大きさで他店との間に一線が引かれた。しかし、今はホストの質やサービスレベルの高さで一線を画す存在となったのだ。

それを認めるかのように、こういう声が聞こえるようになった。

「大きな店、豪華な店はお金さえあれば作れる。だが、客同士が楽しめる店なんては、大金を積んでも作れるもんじゃないし、誰も作ろうとは思わなかった。定食屋じゃあるまいし、ホストクラブで相席が成立するとは誰も思いもしなかったよ」

客同士ですら楽しめる店…。その店の雰囲気、そして一体感こそ、『愛』の持つ魅力であり、愛田武の魅力そのものである。

――過去から現在まで、ホストクラブで相席をする店は『愛』くらいのものだろう。

挑戦

平日・休日を問わず、『愛』は――『愛本店』も『ニュー愛』も、連日満席となった。ホスト間でトラブルが起きることもあったが、そんな時は厳しい店則《ルール》を敷いて、再発防止に努めた。

武はホストたちに対してオーナーとして厳格ではあったが、それと同時に、店では彼らの父親として絶大な優しさも持っていた。その心からの気持ちはホストたちにも伝わり、彼らも武のことを「親父」と呼んだ。武を支柱にホストたちの間にも一体感があった。

その手腕だけでなく、この優しさと厳しさを兼ね備えた器《うつわ》を持つ武に、周囲はそれまでにも増して「別格」の視線を向けたが、当の武には、そんな自覚はなかった。今の自分に、まだまだ満足していなかったのだ。

40代も半ばの頃である。武は血気盛んに異業種への進出も図ろうとした。

時には、当時珍しいエスカルゴを使った詐欺にもあった。1匹1円のかたつむりが数十円になるというものだ。心身共に充実していた武は、「とにかくチャンスがあるものは何でもやってやる」と意気込んでいたが、それが仇となり、見事に2000万円も失った。

しかし、それでも武の情熱は失われることはなく、その次にはラブホテル経営にも進出しようとしたが、今度は朱美に止められた。

「情熱を注ぐなら、今あるお店に注ぐべきなんじゃない？」

夫婦口論の末、朱美のその言葉に武は心動かされた。自分の本分は「ホスト」である以上、ホストとしての展開をしようと…身の丈に合った、足下を見た仕事でないと、失敗すると武は納得したのだ。

そして、『ゴールデン愛』の閉店から6年後、48歳となった武はそれまでとは一線を画す店をオープンさせる。『愛本店』に来ていた客からヒントを得た、おなべクラブ『マリリン』だ。

女性が男性となり女性を癒す――。仲間たちは半信半疑だったが、武には自信があった。細かい理由などなかったが同じ女性を扱う商売、武の直感が「イケる」と言っていたのだ。そして、これが予想通りヒットした。時には、メインである『愛本店』よりも売り上げる程の盛況を見せた。

その後も、55歳の時に、パブ『ダイアナ』とクラブ『ゲイン』をオープンさせ、ついに歌舞伎町に5店舗を構えるまでとなった。ちなみに、『ダイアナ』はその後、ショットバーに転身し、『ゲイン』はパブ『ビブロス愛』を経て、現在、『カサノバ』となっている。

武の手掛ける店はどこも客足が途切れることなく続き、他店の追随を許さないその質の高さから、『愛』というブランドは、歌舞伎町だけでなく全国のホストクラブの間で知らぬものはない存在となった。

絶体絶命

「ウチの店はありがたいことに何とかお客様に恵まれている。でも、またいつどうなるかは分からない…。それ以前にホストクラブ自体が世間から見たら、まだまだ日陰の存在だ。お客様が遊びに来るのも、ホストが働くのも堂々と明言するには、まだ抵抗感がある。男が遊ぶクラブのようには、その敷居はまだ低くなっていない。もっと広く浸透していかないとホストクラブに未来はない…。俺の店にも未来がない。課題はまだまだ多いぞ！」

ホスト界で知らぬ者はいないほどの存在となった武だったが、自らの店を通して業界全体のことを考えていた。そこには浮かれている余裕など微塵もなかった。そして気力も充実していた武は『愛』の…そして、ホスト業界のさらなる発展に意欲を燃やしていた。

——しかし、そんな武に人生最大の試練が訪れることになる。

残暑も厳しく蒸し暑かったその日、武はいつも通り客席を渡り歩いていた。その席には40代の客と、その指名ホスト、そして武の姿があった。

「いやー、やっぱり暑い日にビールはウマいねぇ！」

「親父ぃ…。でも、そのビール、〝お湯割り〟だろ？　マズそう…」

「いいの、いいの。好きな物はウマいんだから！　飲んでみるか？」

「え、遠慮しときます」

「アハハハ」

コントのようなふたりのやりとりに女性客は声を上げ笑った。数分間、武が席に着くだけで、どんな席でも雰囲気が一変した。

「…」

そんな笑い声にあわせつつ、武はテーブルの下で両手をグー・パーと開いたり閉じたりしていた。手足に痺《しび》れを感じていたのだ。そういえば頭の中に霞《かすみ》がかかったようなハッキリとしない感じもする。

(最近、多いな…。お酒に弱くなったかな? いつまでも若くいられないってことか…寂しいなぁ…)

武はその理由を酒に酔ったからだと思うと、客に挨拶し、次の席に行こうと立ち上がった。すると、目眩《めまい》とは違うフワフワとした感覚に襲われた。

(あ…れ…)

手足の感覚がなかった。歩いている感覚がなかったが、体を支える足は倒れないようにバランスを保つためにフラフラと歩いていた。

「親父、大丈夫？　飲み過ぎなんじゃないの？」

ホストも武の様子に心配したが、その原因はあくまで「飲み過ぎ」だと思っていた。しかし次の瞬間…、〝ガッシャーン！〟。武はテーブルに倒れ込んだ。テーブルの上のグラスやボトル、アイスペールは倒れ、そのグラスに入っていた酒は客のスカートを汚した。

「お、親父！」

倒れたまま起き上がらない武にホストは駆け寄った。スカートを汚された客も怒る気配もなく心配そうな表情…。周囲の客やホストも、その語らいを止め、武に注目していた。

武はソファーに仰向けに寝かされ、その額には冷たいおしぼりが置かれていた。しかし武の意識はまったく戻る気配がなかった。

(急性アルコール中毒か？　でも、それほど酔っている様子もなかったが…。10分くらいしても変わりなければ念の為、救急車を呼んだほうがいいかな…)

永井は深層に意識が入り込んでしまった様子の武の症状を推測した。すると客のひとりがそんな武に歩み寄ると、その横たわる武の前で床に跪《ひざまず》き、武の口元に耳を近づけた。呼吸を聞いているようだった。

「あの、お客様…、いったい何を…？」

永井はその女性客に尋ねたが、彼女は武のほうに集中している様子で、永井の問い掛けには無言で返した。しかし、その真剣な様子に永井も彼女の行動を見守ることにした。そして彼女は手際良く2、3分ほどの間に脈拍を取る等の検査のようなものを一通りし終えると、永井のほうに振り返り、叫びにも似た強い言葉で言った。

「救急車を呼んでください！　大至急！」

そう言うと、彼女は再び武に向き直り、今度は応急処置のようなものを始めた。幸運なことに彼女はベテランの看護師だったのだ。

そして、到着した救急車で搬送された病院で武に下された診断結果は絶望的なものだった…。

——「脳梗塞」。57歳の時だった。

病室の中では頭に包帯が巻かれ、口元には人工呼吸器のマスクが取り付けられた武の姿があった。食事の代わりに腕に繋がれたチューブから栄養が摂取され、ベッドの横に置かれた無機質な箱がその脈拍を伝えていた…。

手術は成功したが、その日、武の意識は戻らなかった。西日を受けながら医師は朱美に「今晩がヤマになるでしょう…」と無情な告知をした。

（ウチの人が死ぬ…？　そんなことあるわけないじゃない！）

医師の言葉を認めたくないと抗《あらが》う気持ちの陰で、朱美はその場に突っ伏して泣き出してしまいそうな…崩れ落ちそうな気持ちだった。

しかし朱美は強い女だった。

（ウチの人がいない時こそ、その分まで私がしっかりしなくちゃ…。店の人たちを動揺させてはいけない。私がしっかりしてなきゃ、皆を動揺させてしまう…）

そう自分に言い聞かせると病室を後にした。病室の前の廊下には朱美の他にも永井や義兄等の姿があった。

「今夜がヤマですって」

「えっ…」

感情を見せずに朱美の口から出た言葉に一同は驚きの声を短く漏らしたが、それ以上、言葉が出なかった。しかし、そんな一同をよそに朱美は言葉を続けた。

「ですが、皆さんはいつも通り、今夜の営業に尽力してください」

「そんな…。社長の側にいさせてください！」

朱美の冷たい言葉に一同は言葉を返した。

「お気持ちはとても嬉しいです。でも、愛田は誰よりもお店を愛しています。だから、皆さんが近くにいてくださる以上に、ひとりでも多くのお客様を笑顔にしてくださるほうが愛田の力になるはずです。ですから、皆さんにはホストの方々に動揺が生まれないように、彼らがいつも通りの営業をできるように、愛田に代わって力を貸して頂きたいんです。愛田が『こりゃ、寝てる場合じゃないな！』と思うようにして頂きたいんです」

そう言う朱美に永井たちは心打たれた。

（本当は今にも泣き出したいだろうに…。どこまでも強い方だ…）

そして、朱美の想いに応じて病院を後にした。


夜、面会時間の過ぎた病院内は暗かった。〝ピッ…ピッ…ピッ…〟無機質な音が武の心臓の鼓動を定期的に伝えていた。病室には朱美の他にも新潟から上京した武の

2組の両親と兄妹たちの姿があった。

そして日付が変わろうとする頃、武に異変が起きた。それまで一定のリズムを保っていた脈拍が早まり、寝息のようだった呼吸は荒く苦しそうなものになった。

「あなたっ！」

「武っ！」

一同はベッドに駆け寄り、朱美は武の手を握った。

〝ピッピッピッピッピッ〟　脈はそれまでの倍の早さで刻まれた。ナースコールで呼ばれた医師と看護師が病室に駆けつけ処置を開始した。一同は見守ることしかできなかった。

処置を開始してから、どのくらいが経っただろうか…。1時間とも感じられるが10分くらいなのかもしれない。そこに既に時間の感覚はなく、とにかく辛い時間だけが過ぎていった…と、そこに――。

「武っ！」

駆けつけて来たのは、武の喧嘩相手でありライバル、そして親友である小野の姿だった。小野とは、彼が30歳を目前に家業を継ぐ為に新潟に戻って以来、互いの多忙さもあり、疎遠になっていた。しかし、この武の最大のピンチを武の義兄から聞き、新潟から飛んで来たのだ。

「おい、武！　何寝てんだよ。オマエ、東京でひと旗上げるんじゃなかったのかよ。まだ終わるには早ぇだろうが！　俺は実家の八百屋をスーパーに変えてチェーン展開した。今度、ようやく東京に進出するまでになったんだ！　テメェよりも上行ってると思うだろ？　違うと思うなら起き上がって抜いてみやがれ！」

小野は必死に挑発した。武に眠るよりもすべきことが待っていると伝えるために。

そんな小野の瞳《め》は涙で潤んでいたが、決してあふれることはなかった。武は生きている——それなのに涙をこぼすのは諦めたみたいだと思ったからだ。

しかし、武は小野の挑発に起き上がることも目を覚ますこともなく、相変わらず苦しそうに呼吸するだけだった。

すると今度は、違う者たちが武の病室を訪れた。

「社長ぉーっ！」

夕方に帰ったはずの永井たち店のスタッフだった。

「皆…、お店をお願いしたじゃない…」

想いを理解してくれたと思っていた朱美は言葉を漏らした。しかし、その言葉に永井は「当然です」と言わんばかりに言葉を返した。

「お店なら…お客様たちなら大丈夫です」

そう言うと永井は武の元に歩み寄り、客席に着くホストに黒服《ホスト》が指名が入ったのを伝える時のように跪いた。そして永井は武の耳元に口を近づけると、手で自分の口元を隠して言った。

「社長、ロビー《下》のソファーでお客様たちがお待ちです」

その言葉は静まり返った病室の全員に聞こえた。その言葉の通り、ロビーのソファーはホストとその指名客たちで埋め尽くされていた。事情を知った客たちは朱美の気持ちも理解し、あくまで「営業中」として…つまり、その時間もお金を払ってホストと共に病院へと訪れたのだ。

面会時間をとうに過ぎてはいたが、

「追い出されても構わないから、それまで親父の側にいたい…いよう」

——そんな思いで押しかけていた。ホストも客も武を思う気持ちのほうがはるかに強かった。

「親父ぃ…、親父がいねぇと、やっぱり店が暗いよ。早く元気になってくれよ」

「武ちゃん、逝っちゃダメだよ。還《かえ》って来て、またいつもみたいにゲラゲラ笑ってよ」

ホストも客も必死に心の中で想いを叫び続けた。

その皆の想いが通じたのか、武はこの長い夜を乗り越え、一命を取り留めることができた。しかし、その代償として武はうまく喋ることができなくなってしまった。

ところが、それからの入院生活を経て退院した武は笑いながら言った。

「ホストは喋る仕事だからリハビリにちょうどいいな。一石二鳥、ラッキーだ！」

運命は「死ぬにはまだ早い」と武を追い返した。武にはまだやるべきことがあると。

頂点

死の淵から甦った武はリハビリも兼ねた仕事のおかげで、多少のどもりはあるもののまったく支障なく話せるまで回復した。

「俺はまだお迎えが来るには早いってわけか…。神様は俺に『まだまだ行けるだけ行け』って言ってるわけだな」

こうして武は倒れる前に考えていた次なる課題――〝ホストクラブの市民権獲得〟と向き合った。

ホストクラブが持つ後ろめたさ。それは、かつて主婦が夫や人の目を忍んで店に足を運んでいたことや、一部の悪質なホストによる金銭も含めた不誠実さから来るものだと武は考えた。それを払拭《ふっしょく》させるにはどうしたら良いかと考えた武がたどりつい た結論は、ホストを強制的に皆の視界の届く場所に置くというものだった。日陰から日向へと移そうと考えたのだ。そして、そのために活用したのがマスコミだった。

『ニュー愛』の火事の一件で、マスコミの影響力の大きさを誰よりも知っていた武は、自らを広告塔として積極的にマスコミに露出した。新聞・雑誌だけではなく、〝ホスト〟という響きが持つジゴロや金のイメージを活かして、テレビのバラエティー番組などにも出演した。

読者や視聴者は、これまで馴染みのなかった夜の世界の住人が持つ非現実性に強い興味を持った。そして、笑顔を絶やさず陽気に喋る武の明るいイメージと相まって、ホストが持つダークなイメージは、わずかかもしれないが払拭されていった。特に新しいものに敏感な若い女性層に対しては、ホストクラブの敷居を確実に下げさせた。

現在、その敷居は依然として存在しているが、武がマスコミに敷いたホストクラブというレールは、日に日に高い関心を集めている。自らの店のみならず、業界全体の活性化と存続のための布石を武は投じることができたのだ。

このマスコミへの積極的な働きかけにより、『愛』の名は広く一般社会にも認知され、ホストクラブの代名詞となった。「ホストクラブといえば愛」といわれるまでになったのだ。

しかし、それはホストが世間から受けるイメージを武が一身に背負うことも意味していた。だが、武はそれを笑いながら喜んで引き受けた。それは同時に『愛』が…そして武が、真の意味でホストの頂点に立ったことを意味した。

『愛』グループの統括会社である『愛田観光株式会社』は現在、3つのクラブに、おなべクラブとショットバーがひとつずつの計5店舗、総勢300名を抱えるまでとなった。

一時は、店を畳もうかと苦悩した時から20余年、武はどん底から再び、ホスト界の頂点へと昇りつめた。そしてそれを支えた情熱――その源泉は武の男としての意地だった。

ホスト王として名を馳せた自分が、『ゴールデン愛』の失敗と共に表舞台から忘れ去られてたまるかという意地…。

武と共に上京した小野は自らのスーパーマーケットを、年商80億にまで成長させていた。このライバルに負けたくないという意地もあった。

そして何よりも、自分について来てくれた仲間たちのためにも、自分はまだまだ終わらない…進んでやるという意地があった。

『ゴールデン愛』で頂点を極めた時、武に対する〝ホスト王〟という言葉には「羨望」が込められていた。しかし、現在の〝ホスト王〟には「羨望」だけでなく「尊敬」も含まれている。

ホストの世界で頂点と地獄を共に味わい、一時は死の淵をも彷徨った。それでもなお、ホストとして現役であり続ける。

単なる成り上がりではなく、その栄枯盛衰、すべてを知っているからこそ、武は現在も〝ホスト王〟と呼ばれている。

家族

――武を支える存在は常に家族だった。

養子に出されたことで武にはふたつの家族があった。文三のような親戚にも支えられた。

番長だった武の周りには、常にたくさんの子分がいた。その存在は武にとって守らなくてはならない存在だった。しかし彼らがいることで、家に居場所を見つけられなかった時も、武は自分の居場所を見つけることができた。彼らも家族だった。

――そして、東京に出た武はすべての出会いを〝縁〟に変えた。

兵隊《ヘルプ》として自分を支えてくれた仲間たちは、田舎の子分と同じ守らなくてはならない存在だったが、彼らがいてくれたからこそ、武も食べていくことができた。現在では、300人というホストたちは皆、武の息子である。

朱美との出逢いにより武は今日が開けたと言っても過言ではない。そして、それと同じくらい、武は出逢った女性たちに支えられた。

その縁は廻り、現在、武の元には母の異なる3人の息子とふたりの娘がいる。息子たちは朱美と出逢う前の子供で、娘は朱美の連れ子だ。子供たちと武、そして朱美は、それぞれ半分ずつしか血は繋がっていないが、それだからこそ強い絆で結ばれ、互いに助け合っている。

そして、その息子と娘が結婚するという数奇な運命により、孫の世代で初めて武と朱美の血の繋がった子供が誕生した。

すべての縁が武に家族を作り、その家族に支えられ今日の武は在る。

ホスト王・愛田武

夜の帳《とばり》が降り、ネオンの陽が昇る頃、歌舞伎町はホストの街となる。

――なぜ歌舞伎町はホストの街となったのか？　それは、歌舞伎町には『クラブ愛』があり、〝愛田武〟がいるからだ。

愛田武という大樹はかたくなに歌舞伎町という土に根を張った。そして、その大樹の下に人が集まったから、歌舞伎町は首都圏の半数以上…１５０軒以上のホストクラブが軒を連ねる〝ホストの街〟と呼ばれるようになったのだ。もし、武が歌舞伎町以外の街にも店を開いていたなら、歌舞伎町にこれだけのホストクラブが集うこともなく、〝ホストの街〟と呼ばれる街は存在しなかっただろう。

そして、その大樹からは新たな芽が伸びている。武は自らの元を訪れたホストに必ず言う言葉がある。

「若いうちは働き、苦しみ、経験を積みなさい。そして必ず独立すること。夢は経営者になってから大きく膨らませればいいんだ。だから若い今は、独立という夢だけを持ち、後ろは決して振り返らず、ガムシャラに努力すること。そのことがホストとしても、己を見失わず大成するための支えとなる」

武は自分の店のホストたちには、とにかく自分の店から独立することを念頭において仕事をさせている。

普通であれば、有望なホストが巣立って行くのは手放しでは喜べない部分があるが、武は祝いを包んで喜ぶ。それは武がオーナーであると同時に、彼らの〝親父〟だからだ。我が子のひとり立ちを喜んでいるのだ。

そして彼らが巣立って行くことで――愛田武の後継者たちが城を築いていくことで、

ホスト業界全体が活気づくのを望んでいるのだ。現に、武の元から巣立っていったホストたちは歌舞伎町に限らず、日本の到る場所に根を張りホスト業界を支えている。その最たるホストが零士と城咲仁である。

零士は武からホストとしてのすべてを学び、『愛本店』のナンバー１として君臨した。その後、自らの店『Ｄｉｏｓ』を六本木に開いた。そして現在、零士は〝六本木の帝王〟と呼ばれ、武が歌舞伎町の顔であるのと同じように、零士は六本木の顔と言われるまでの存在に成長した。

城咲仁もホストとして『愛本店』の門を叩き、不動のナンバー１として頂点に君臨した後、彼は店を構えるのではなく、持ち前のルックスと話術、そしてホストクラブで学んだ間の取り方等を武器に芸能界へと進出した。現在では「元ホストタレント」として、バラエティー番組だけでなく、ドラマや舞台にも出演し、ＣＤデビューまで果たしている。

こうして『愛』から芽生えた新しい芽は様々な場所で活躍し、ホストクラブをより身近な存在にしている。今日のホストブームの根幹を支えているのだ。

しかし、武自身の目もまだまだ先を見据えている。例えば、様々な理由で芸能界を去ったタレントたちを集めて、もう一度タレントとして売り出すための登竜門としてのホストクラブ「芸能人再生ホストクラブ」など、ホストクラブの次なる形を模索している――。

中学生の時、歌舞伎町に憧れた少年は、50余年が経った現在、歌舞伎町を象徴する人物となった…歌舞伎町そのものとなった。

愛田武――ホストクラブの礎を築き、30余年という時間を掛けてホストをひとつの「職業」として認知されるまで磨き続け、そして歌舞伎町というホストの街を生んだ男…誰よりもホストを愛した男。

ホストクラブの頂点とどん底を共に知り、そして現在、頂点に君臨し続ける彼は今もなお、現役のホストである。彼の歩んだ半生こそ、ホストクラブの歴史でありホストクラブそのものだ。

そして、人は彼のことをこう呼ぶ――〝ホスト王〟と。

ホスト王・愛田武は今日も歌舞伎町にいる。

300人のホスト《息子たち》に囲まれ、客の隣で顔の全筋肉を使った笑顔で笑い、そして〝ビール のお湯割り〟を飲んで――。

著者プロフィール

倉科　遼（くらしな・りょう）
1950年生まれ。現在、青年誌を中心に数多くの劇画原作を執筆している原作家。代表作の『女帝』により劇画界に“ネオン街モノ”という新ジャンルを開拓した先駆者と言われている。他に、『夜王』『嬢王』『女帝花舞』『銀座女帝伝説 順子』『DAWN』『艶恋師』など数多くの作品を執筆している。

●本作品は事実に基づいたフィクションです。

夜を創った男たち
ホスト王 愛田武

2006年10月19日　初版第1刷発行

著　者　倉科　遼

発行者　大場敬司

発行所　株式会社オフィスケイ
〒170-0003　東京都豊島区駒込1-42-1　第3米山ビル3F
TEL 03･5940･2740

発売所　株式会社実業之日本社
〒104-8233　東京都中央区銀座1-3-9
TEL［編集］03･3535･2482　［販売］03･3535･4441
http://www.j-n.co.jp/
プライバシーポリシーは上記の実業之日本社ホームページをご覧ください。

印刷・製本所　大日本印刷株式会社

ISBN4-408-41120-5